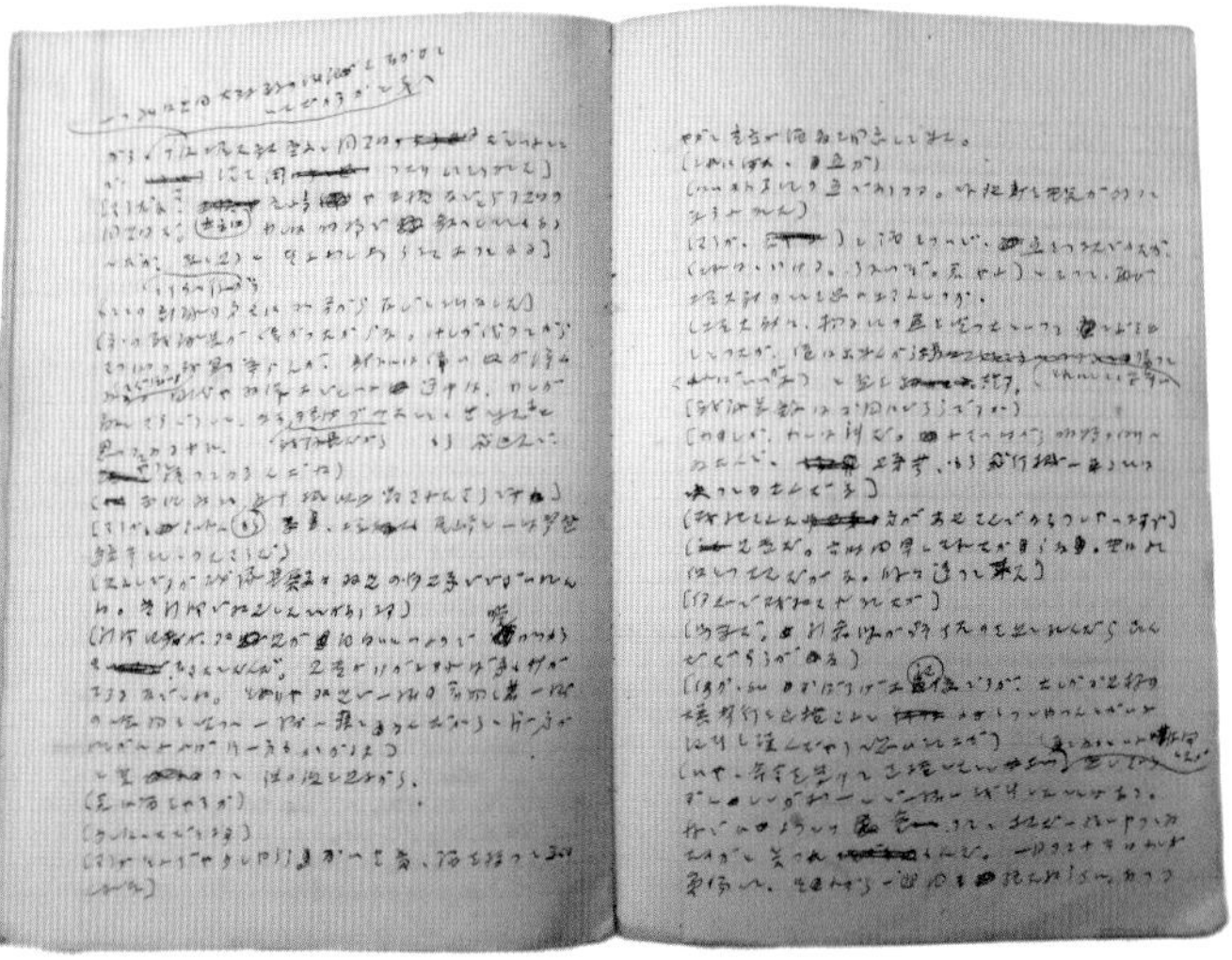

9月3日のページ

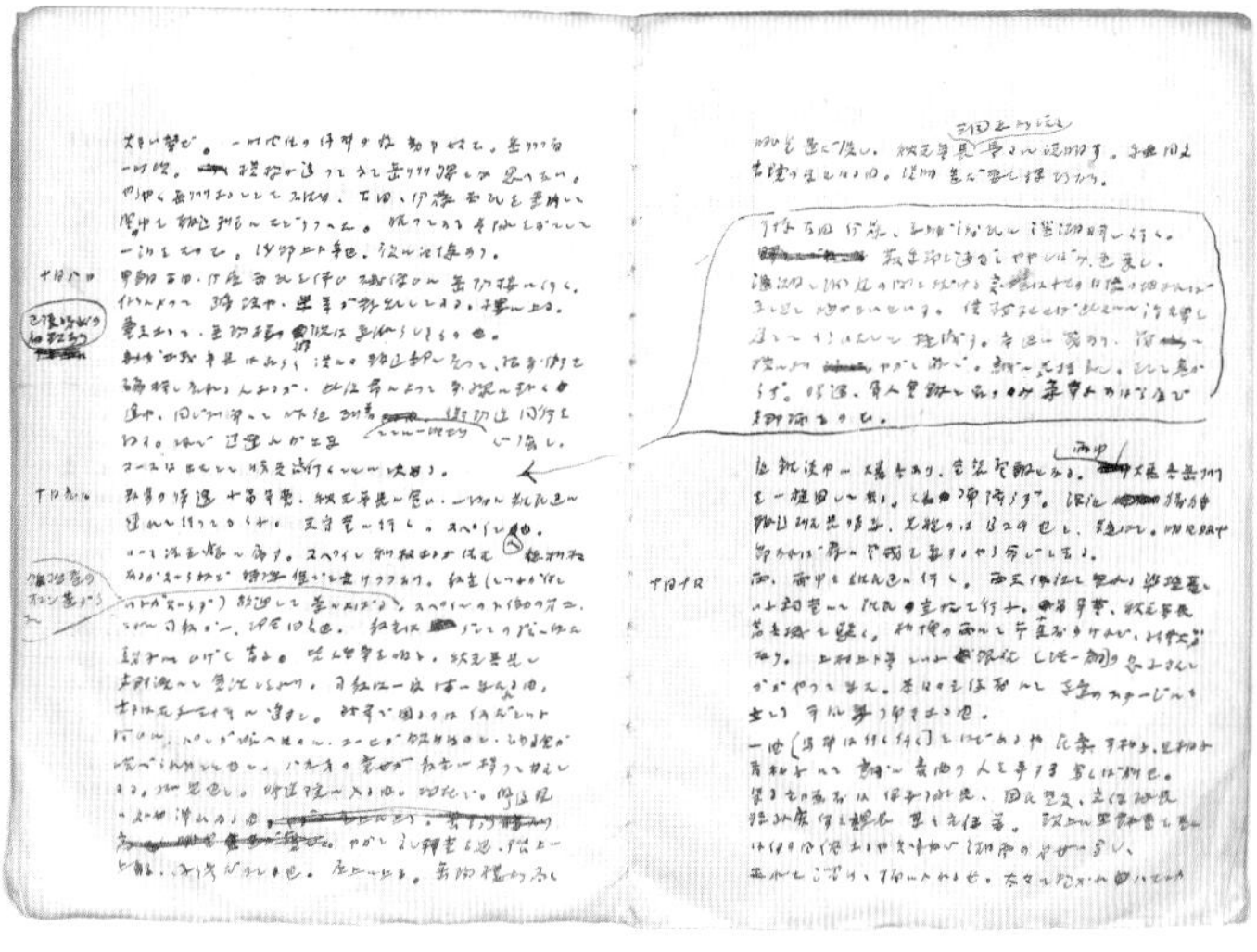

10月7日～10日のページ

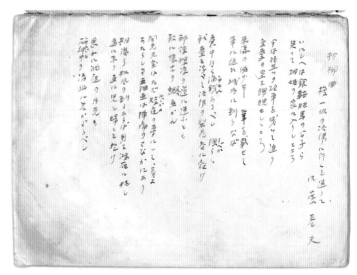

日記冒頭　佐藤春夫「折柳曲」のページ

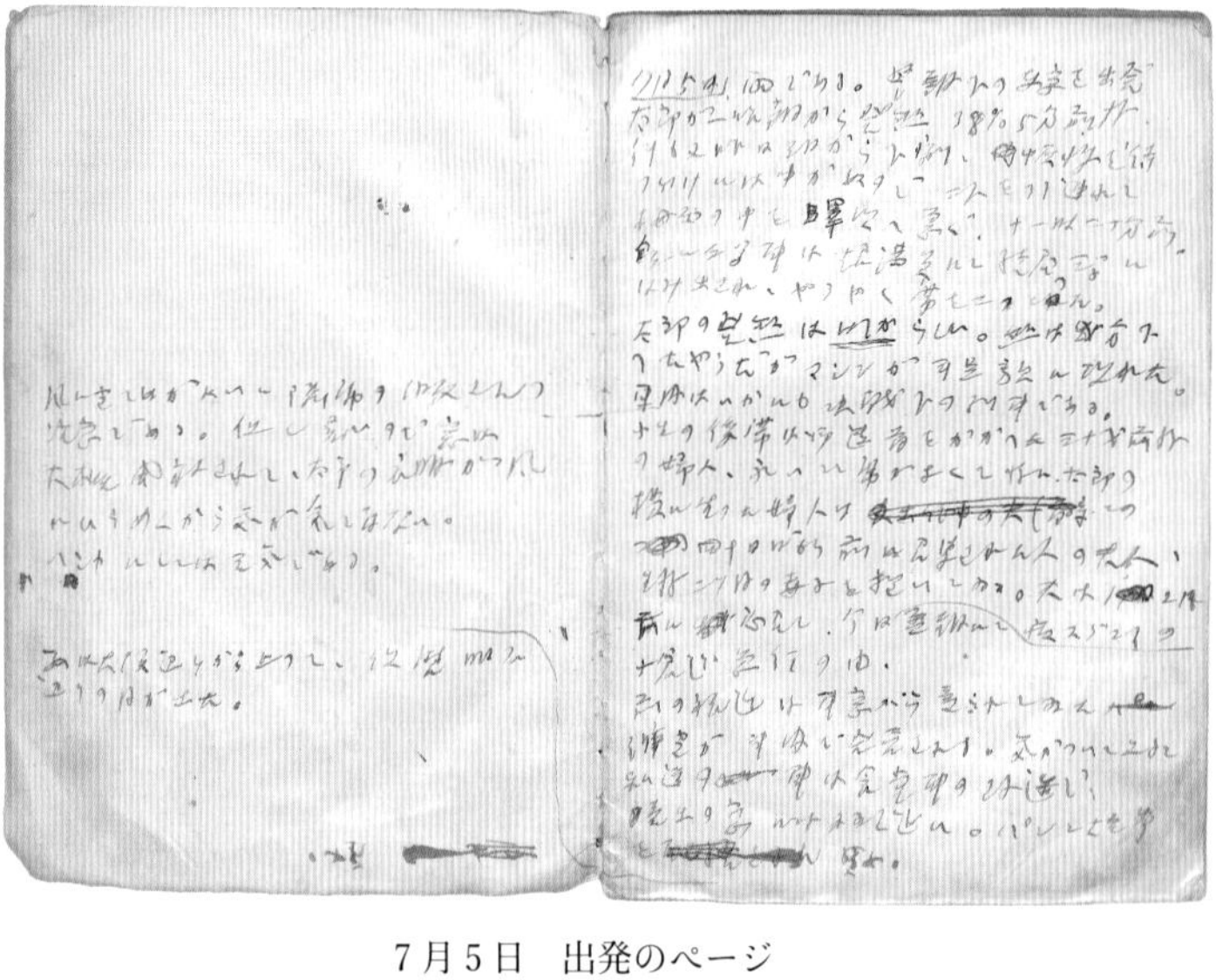

7月5日　出発のページ

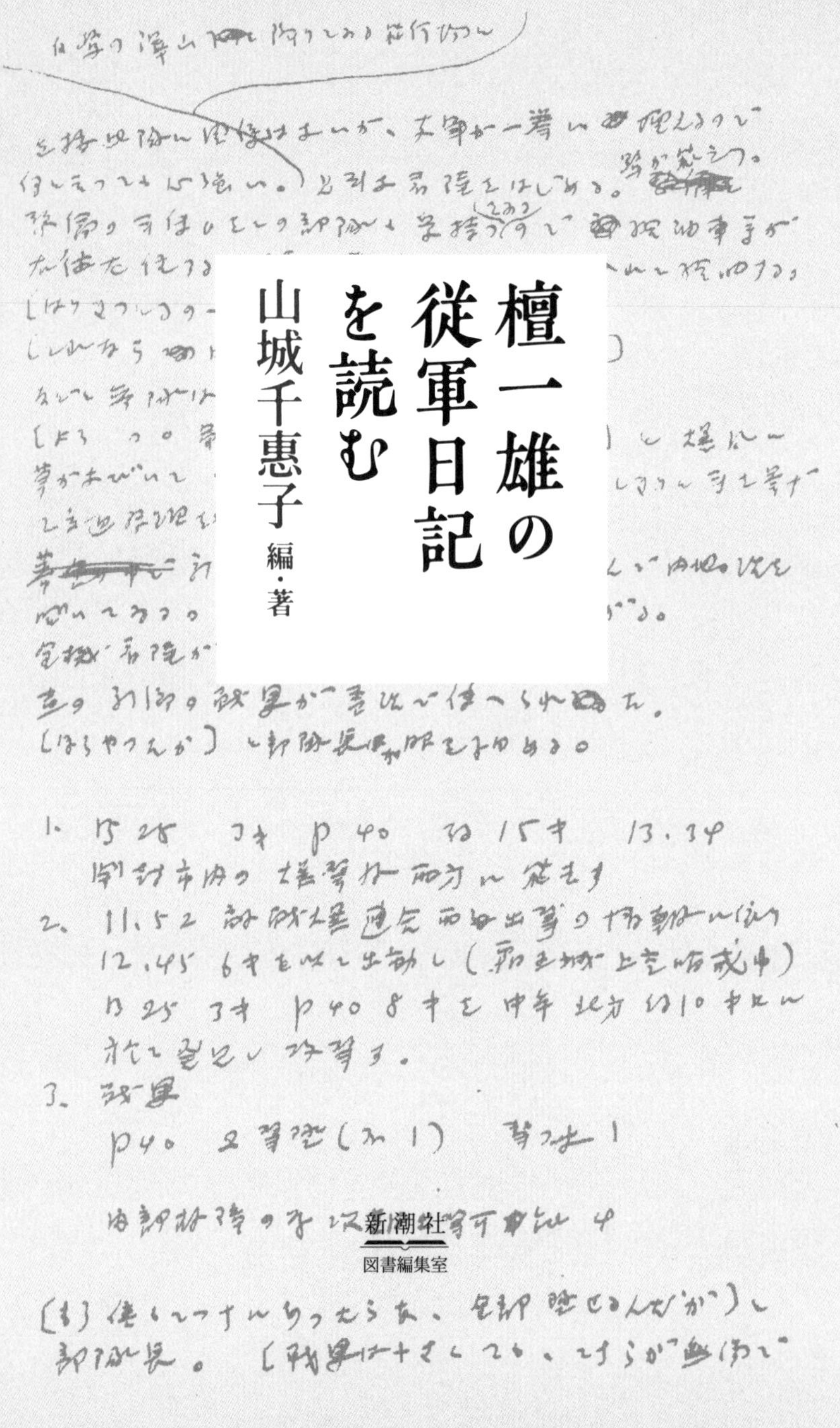

檀一雄の従軍日記を読む

山城千恵子 編・著

新潮社
図書編集室

── 従軍中のスケッチ帳より ──

黄岡　倉子埠

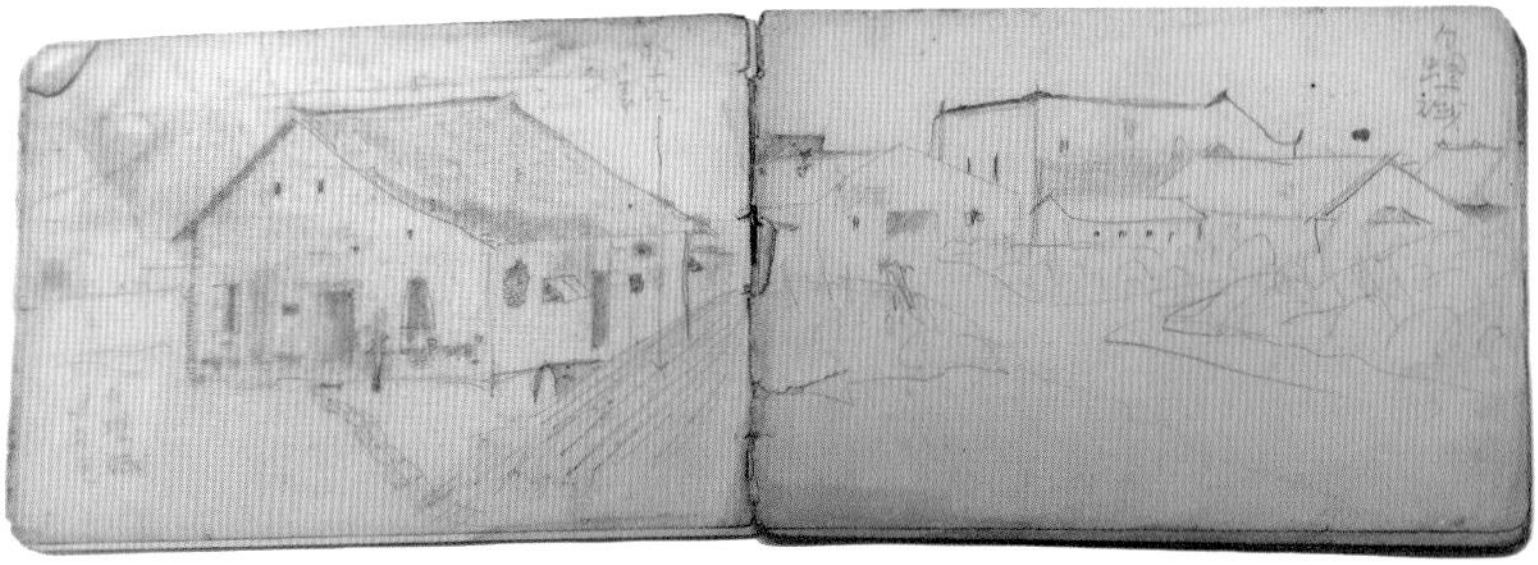

白螺磯

― 従軍中のスケッチ帳より ―

南嶽夕景

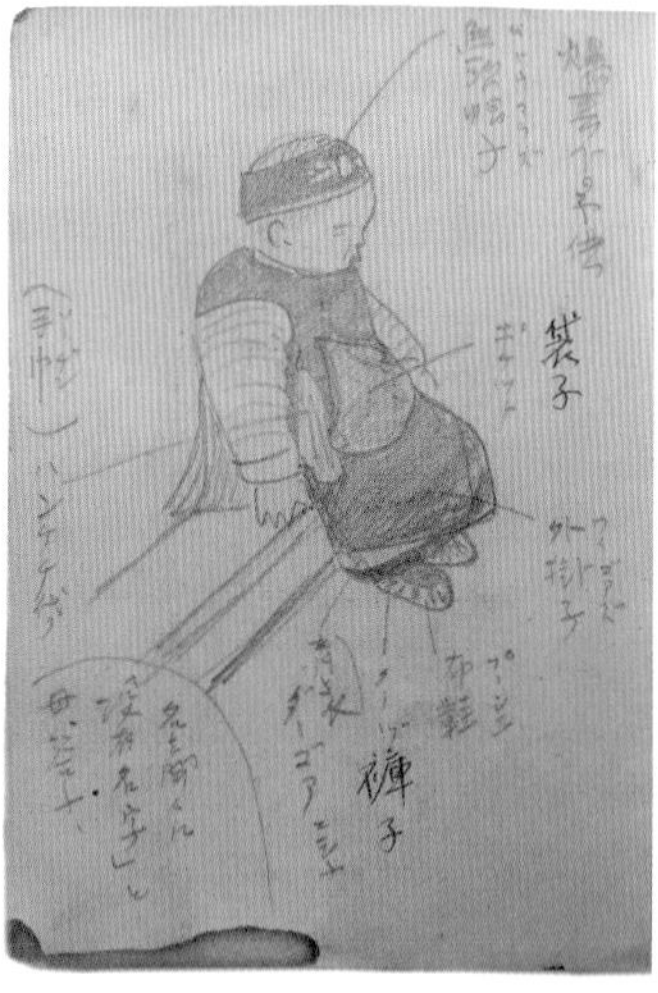

爆撃下の子供

写真提供　山梨県立文学館

■目次

従軍日記を読む

写真提供　山梨県立文学館
装幀　大森賀津也

参考地図（概略図）

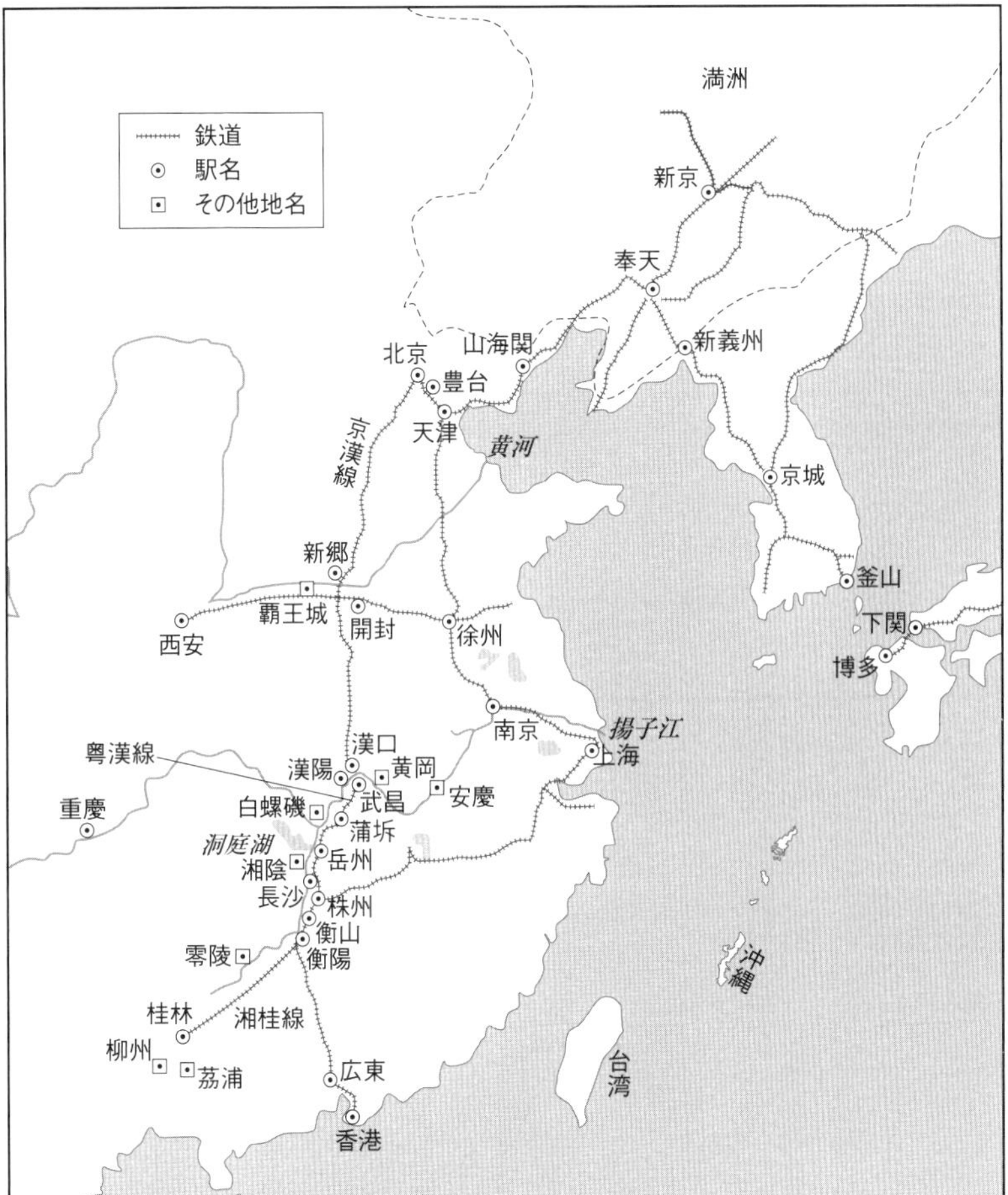

・地名は、日記に見られる1944年当時の地名

・鉄道、河川は抜粋して表記した

はじめに

作家・檀一雄（明治四十五〔一九一二〕年～昭和五十一〔一九七六〕年）は、山梨県に生まれ、少年期を福岡県柳川市、久留米市、栃木県足利市などで過ごし、特に柳川をその揺籠として成長しました。旧制福岡高等学校から東京帝国大学へ進み、学生時代からその文才は高く認められるところでした。

大学卒業後は当時の満州への遊歴などの後、結婚して当時の板橋区下石神井（現在の練馬区石神井町）に住み、石神井地域での転居や九州との行き来などを含め、三十余年間ここを住まいとしました。

また、福岡県能古島にも土地を求めて家を建て、多くの月日を能古島の風光のなかで過ごしました。

作家活動としては昭和十二（一九三七）年に初の短編集『花筐』を刊行、昭和十九（一九四四）年「現代」に発表した「天明」により第四回野間文芸奨励賞を受賞し、昭和二十六（一九五一）年には「長恨歌」並びに「真説石川五右衛門」により第二十四回直木賞を受賞しました。

昭和二十一（一九四六）年に若くして病没した妻・律子との最後の日々を描いた小説『リツ

子・その愛』『リツ子・その死』や、南氷洋への捕鯨船の旅をもとにした『ペンギン記』、『夕日と拳銃』『小説太宰治』『小説坂口安吾』などが知られています。約二十年をかけて執筆し最後は入院中に口述筆記により完成した『火宅の人』は、没後の昭和五十一(一九七六)年に第二十七回読売文学賞、第八回日本文学大賞を受賞するなど、昭和の文学史に大きな足跡を残しました。

友人に恵まれた人生で、なかでも太宰治や坂口安吾との交友もあって「最後の無頼派」と称されることも多いのですが、その文学の本質は日本浪曼派から出発した詩人の要素にあり、みずみずしい短歌、俳句、詩なども多く残しました。

また料理の世界でも『檀流クッキング』などの楽しい著作には、生命と自由への賛歌が強く感じられます。

こうした檀一雄には二度の軍隊生活がありました。

一度目は、昭和十二(一九三七)年七月、二十五歳の時に召集令を受け久留米独立山砲兵第三連隊に入隊し、補充馬輸送のため台湾に赴きました。

昭和十五年(一九四〇)年十二月、除隊になりましたが、いったん帰国してすぐ満州へ旅立っています。満州各地を放浪したのち、見合いのため一時帰国、昭和十七(一九四二)年に再度帰国して結婚しました。

二度目の軍隊生活というのが、本書でご紹介するものです。

結婚後の昭和十九(一九四四)年初夏、陸軍報道班員として中国大陸へ渡ることになったのです。

『リツ子・その愛』では出版社からの「檀さん、洛陽へ行きませんか」という誘いとして描かれています。

そのとき檀は三十二歳、住まいは当時の板橋区下石神井、妻・律子と長男・太郎の三人暮らしでした。太郎は満一歳にもなっていませんでした。

「洛陽。行きたいと思った。なにを打棄ててでもよいと思った。東洋の文人にとってまたとない目出度い聖地に行脚できる心地である。」(『リツ子・その愛』)と思い、直ちに承諾します。「二つ返事で承知をした。行く先が洛陽であり、洞庭湖であったからだ。」(「吹雪の道」『出世作のころ』)という即決ぶりです。実際には、徴用令状によるものでしょう。

中国の漢詩人が多く詩に詠んだいわば漢詩の歌枕のような地に行ける。檀一雄の興味はそこにあって「私は辺りの青葉のひるがえるのを眺めながら、例によって新しい生涯にすべり落ちる時のめまいに似た不安と、静かに湧きおこってくる陶酔とを味わった。」(『リツ子・その愛』)と書いています。避けて通れない徴用であるならば、健康に恵まれた身でいっそ「目出度い行脚」をしようと考えたかもしれません。

昭和十六(一九四一)年から始まったアジア・太平洋戦争での日本の作戦の一つとして、檀が従軍する昭和十九(一九四四)年四月から翌年の戦争末期にかけて中国大陸を南北に縦断する大規模な作戦がありました。通称「大陸打通作戦」と呼び、大陸を南北に貫く交通要域の確保や中国南部の米国空軍基地を攻略するなどの作戦でした。

檀の「従軍」は、こうした作戦を行う陸軍に伴って行動し、その戦果を広める記事を書くことでした。

徴用が立法化されたのは昭和十四（一九三九）年のことで、国家総動員法第四条に基づき定められたものでした。召集令状の「赤紙」に対して徴用令状は「白紙」と呼ばれました。

報道班員の従軍は、昭和十六（一九四一）年の対米英戦争開戦が決定するに伴い大本営報道部を中心として考案されたもので、陸・海軍いずれかの報道部に徴用された著名な画家・文筆家・カメラマン・音楽家・漫画家および新聞・通信記者などが南方戦線や中国大陸での戦線に赴き宣伝・宣撫活動を行うものでした。「戦争絵画」「戦記物」などの製作・執筆を通じて国民や兵士の士気を鼓舞する政府プロパガンダの一翼を担うものでした。

他の徴用作家の記録を比較検討した川西政明氏の著作「文士と戦争—徴用作家たちのアジア」（「群像」二〇〇一年第九号）を参照すると、出頭にあたって、作家・阿部知二氏が昭和十六（一九四一）年十一月に受け取った徴用令状の注意書には

緊急極秘の徴用に付き、内容を他人に漏らさないこと

身体検査のあること

など数項目の注意があり、身体検査に合格した後に渡される書類には

一　指定ノ日時ヲ厳守シ各自単独赴任スルコト

を始めとする服装や携行するものなど数条の指示があり、かつ川西氏の右の著作によれば、「そこで下士官から四つの通達が発せられた。一つ、これに違反すると普通の裁判よりきびしい軍事裁判になる。一つ、これは家族といえども絶対に秘密を守ること。一つ、すべて軍の命令に従うこと。一つ、行先は甲乙丙丁の暗号の区分があり、各自は係員の指示にしたがうこと。この通達によって、作家たちがこの徴用を拒否することができなかったこと、もし拒否すれば軍事裁判にかけられたことが判明する。」というものでした。詩人・作家の高見順氏の著作にも、身体検査のあと、命令内容は一切口外してはならぬと厳命されたことが記されています。(『高見順文学全集』第六巻「昭和文学盛衰史　第二十五章　徴用作家」一九六五年　講談社)

だからこそ、檀の従軍日記には目的地などが明確に書かれていないのだと思います。また、日記は陸軍報道部の厳しい検閲のもとに書かれたため、記述内容は限られ、作戦実行中の日本軍の行為についての記述も、個人の考えも書くことは叶わず、書いたとしても検閲ではねられた事実があったといいます。

つまり日記と言っても平時の日記とは違うのです。平時の日記を書く、あるいは読む感覚で読んではいけないと思うのです。書くべきことを書けない状況のなかで、取捨選択して書く。ぎりぎりのところを書く。検閲者が見たときのことも考えながら書く。

檀の従軍日記を読むときに兆す、時に何かわざと淡々とあっさり書いているような、または中心をぼかして周囲の風景などに焦点を合わせているような感覚になるのは、こうした理由によると考えられます。

その報道班員の待遇についてですが、「佐官待遇」と書かれた手記がいくつか見られます。ただ皆同じ俸給ではなく、川西政明氏によれば、学歴によって細かく定められており、東京帝国大学を卒業或は中退した者は一様に「奏任四等」で中佐待遇、私大卒業或は中退した者は「奏任五等」で少佐待遇、となっていたようです。中佐、少佐ともに佐官ですが、待遇は、昭和六年勅令第一〇三号「陸軍給与令中改正ノ件」で定められており、その関係規程として陸軍省令第五十九条による細かな規程があります。その陸軍省令第五十九条に附則というものがついていて、技術者や事務者についての俸給が定められていますが、うしろに、定めにあてはまらない者についての記載があります。川西氏によれば「文士はこの『特別ノ経歴ヲ有スルモノニシテ本表ニ依リ難キ者』の範疇に属する。この附則によって、文士たちは文壇での地位や収入の多寡などを斟酌されて、階級や給与を決められたと思われる。」ということです。

昭和十五年勅令第五八〇号による改正陸軍武官官等表によれば、佐官とは「陸軍大佐／陸軍中佐／陸軍少佐」で、それと同等の待遇ということですから、かなり良い待遇と言えます。

檀の場合、東京帝国大学を卒業していますから中佐待遇（奏任四等）だとすると俸給は年額三二二〇円と推測されますが、確証はありません。ただ戦地ですから配属先の場所、時期、作戦内容によって各々置かれた状況は筆舌に尽くしがたい過酷さもあったことは間違いないでしょう。

陸軍の身分は、兵科では上から

将官→陸軍大将／陸軍中将／陸軍少将
佐官→陸軍大佐／陸軍中佐／陸軍少佐
尉官→陸軍大尉／陸軍中尉／陸軍少尉
准士官→陸軍准尉／
下士官→陸軍曹長／陸軍軍曹／陸軍伍長

となっており、同年勅令第五八一号ではこの下に

陸軍兵長／陸軍上等兵／陸軍一等兵／陸軍二等兵

と続きます。

このほか細かな規定があったようです。

また、作家・火野葦平氏に発行された南方への「従軍許可証」の注意事項には「本証携行者ハ拳銃ノ外一切ノ武器ヲ携行スルヲ許サズ。」とあり、従軍作家の多くはその拳銃もなく丸腰であったと思われます。

かくして昭和十九（一九四四）年七月、檀一雄は戦争末期へ向かおうとする中国大陸へ出発します。

出発にあたって、師である佐藤春夫氏に挨拶に行くと、師は用箋に一篇の詩を餞《はなむけ》として贈ってくれます。「折柳曲」という詩です。

佐藤は「旅先で日記をつけることを忘れないのがよろしいね。覚えていると思っても、其の日

其の日の印象は、後で跡形もなく消え失せる」という言葉を添えてくれます（『リツ子・その愛』）。

師の言葉を守り、檀は日記をつけはじめますが、やがて戦局が厳しくなり、旅の後半南嶽の地に到り「旅とは好奇の旅情を負うて歩むものではない。己の心の平衡を匡すのだ、とはっきり自覚してからは、日記の幻影を、ようやくに振棄て」（同）たと述べています。

当初定められた派遣期間は三か月だったので、七月から十月までがおおよその期間です。しかし帰国することなく、自ら延長を願い出て旅を続け、日本の敗色が濃厚になってくるに到って「これ以上いれば帰れなくなる、帰るように」と告げられて引き返し、昭和二十（一九四五）年五月、ようやく帰国しました。

現在、この、昭和十九（一九四四）年七月から翌昭和二十（一九四五）年五月の帰国までの間のうち、七月から十月までの従軍日記が二冊遺されています。帰国時の雑嚢には日記のノートが五、六冊入っていたと記していますが、現在遺されているノートは二冊、従軍スケッチ帳が四冊です。

「リツ子」には、「従軍手帳の十月十六日」の部分を見せるシーンがありますが、この部分は現存していません。

遺っている日記はいずれも、B５判の大学ノートに万年筆、ところどころ鉛筆で書かれたものです。一冊には帰国後に子どもがいたずら書きしたと思われる、緑色のクレヨンの幼い絵も描かれています。

この時代に生まれた作家として、戦争は避けて通ることのできないものです。陸軍報道班員として、檀はどこに配属され、誰と接してどんな日々を過ごしたのか。日記と作品との関連はどのようなものか。兵士とともに起居する日々の思いはどのようなものだったのか。

雑嚢に入れて持ち運び、宿泊先ごとに書き綴られたノート。八十年を生き延びたノート。普通にページをめくることもためらわれる脆さです。

丹念な文字であるにせよ戦時中の走り書きで、かつ檀一雄独特の字体。もちろん旧字体で歴史的仮名遣いの古い日記です。

それでも、かつて相馬正一氏が『檀一雄　言語芸術に命を賭けた男』で「報道班員として報告を義務づけられていることもあって、檀の中国旅行記はかなり精度の高いものであったと思われる。」と推測したように日記の文章の精度は高く、語句は正確で誤字などはほとんどなく、表現に迷いがありません。

日記に書かれた人物名は、ある程度は実際に確認できる人物です。小説の登場人物名はフィクションとしての部分がありますが、これは実際の記録です。

檀の異父弟の高岩震氏は「彼の小説には、実名、あるいはそれと直ぐに判る形での仮の名で実在の人々が登場することが多い。であればあるほど、創造の過程で、取捨選択、再構成が厳しくなされる。もし、気軽に、創作されたものを事実として評論に取り入れられると、周囲の実在の人から見れば、極めて一方的な、歪んだ断定となってしまうことが多い。」（「筑後松崎　一九四五年」野田宇太郎文学資料館ブックレット３　一九九四年所収）と記されています。ほんとうらしく書かれた虚構は事実と受け取られ、事実は虚構として受け取られがちな状況を戒める言葉を思えば、この「日記」の事実の重さを感じます。

読みすすむうち、この日記は複層的な記録のように思われました。報道班員としてのリアルな戦争の記録、戦闘隊員たちの日常の横顔と、作家としての詩情、古の詩人たちの追体験などが、将来の作品を見据えた眼も交差しながら、層をなしているようです。日本の古典の、例えば松尾芭蕉のように、詩句を所々に挟みながらの紀行文を書きたかったと思わせる部分もあります。

現実を透かして漢詩の聖地の美を求めようとする一方で、眼前には生死がいともやすやすと明滅する戦争の重い現実が広がっています。

その現実の重さと心のなかに求める風景とが重なり、照り曇りのように心境が変わっていくのが読み取れます。

本書は、そういう詩を求める心と現実とのせめぎ合いを負いながら、次第に凄惨な状況に突入する戦地を一人歩く、檀一雄の昭和十九年の夏から秋までの記録をたどるものです。

なお、帰国してからすぐに東京陸軍省などに復員の挨拶をし、公式の報告書などを提出したのかと思いますが、確認できていません。帰国から終戦にかけて失われてしまったのでしょうか。

川西氏の同論考には「なお徴用が解除になったあと、文士が戦場で日記を書いていたことを知った軍部から提出命令が出た。文士たちはすでに処分したとか、ないとか答えて、日記を守った。しかし敗戦直後、進駐軍から発せられた緊急命令で、刀剣類は提出、出征のとき送られた旭日旗、奉公袋、従軍手帳、従軍徽章、太平洋戦争に関する書類、右翼的思想書、戦地で書いた原稿などは焼却することを強制された。それはかなり執拗な強制だったと井伏鱒二が証言している。このため戦後これらの資料の多くがなくなったのである。」と記されています。

各章ともまず日記翻刻文、その後ろに若干の解説、という組み立てです。不十分な説明の部分もあろうかと思いますが、初の全文公開となる檀一雄の戦時中の日記から足取りをたどり、思いを馳せていただければと思います。至らぬ部分のご教示を賜ることができれば幸いです。

■日記の概要

日記は二冊ある（いずれも山梨県立文学館寄託資料）。
仮に日記―A、日記―Bとする。

◎記載期間
・日記―A　昭和十九年七月五日〜七月十五日および同年十月六日〜十月十日
・日記―B　昭和十九年八月十六日〜九月三日
両方を合わせると、中断をはさみながらも七月五日から十月十日までの日記となる。

◎体裁
日記はいずれもB5判の横書き大学ノートでともに四十枚綴り。製品表示は左のとおり。

A（表紙：劣化のため判読できず）／裏表紙：マルエスノート株式會社製
B　表紙：學用ノート統制株式會社／裏表紙：昇文堂ノート有限會社製

◎その他
いずれもブルーブラックインクのペン書きである。日記本文は横書きだが、冒頭の佐藤春夫の詩や、各日記最後尾にあるメモは縦書きである。

また、日記―Aの最後尾には、当時の日本軍の河南作戦に関する新聞記事の切り抜きが糊貼りされている。日記―Bには、兵舎の略図や植物スケッチも描かれている。

白紙のページが、A、Bともに数ページずつある。

■凡例

檀一雄が従軍期間の行動を記録したノートを、本書では「従軍日記」と呼ぶ。携行したことから手帳と呼ぶことも、形態から大学ノートと呼ぶこともできるが、収蔵する館の資料名が「従軍中の日記」であること、また佐藤春夫から従軍中は「日記をつけるように」と助言もあったと思われることから「従軍日記」と呼ぶこととする。

時系列に沿って日記をいくつかに区切りながら、読み進んでいく。

- 原文は旧字体／歴史的仮名遣いであるが、本書の翻刻では便宜上、新字体／歴史的仮名遣いとした。伊藤永之介、百田宗治の著作からの引用も同様とした。
- 送り仮名等は原文のままとし、欠字などの箇所には適宜（※ママ）と付し、読みにくい箇所には※とルビの形で読みを施した。
- 日付が変わるところで一行空白を設けた。
- 読みやすいように文意に沿って適宜改行を施した。
- 日記原本は、段落の最初の一字下げがないので、すべて行頭を揃えた。
- 吹き出しのような形で追加されている部分は、文章中に組み込み、訂正箇所は訂正後の文とした。
- 原文で会話部分は〔　〕で表記されているため〔　〕のままとした。

■凡例

・数字表記は原文のままとした。
・判読できない部分は■で表記した。
・日記文には現代では適切ではない言葉、表現も含まれるが、昭和十九年当時の社会情勢を考慮し、著作物としてそのまま載せている。
・冒頭に付した地図は、檀の足取りをたどる略図である。従軍期間に近い製作年の各種地図を参考にして筆者が作成した概略図である。
・スケッチ帳画像は、四冊のスケッチ帳から抜粋して掲載した。
・人物名について

ご存命の方については、お名前掲載の承諾をいただいた。

陸軍関係者や従軍記者などについては、当時から約八十年経過しているためご存命かどうかの確認がとれなかったこと、個人の尊厳を損なうような記載はないこと、軍人の方はすでに多くの書物に氏名・戦歴が記されていることから、そのまま掲載させていただいた。

また、戦闘機隊関係者で、既に出版されている書籍などで戦歴のわかる方については、注書きで記した。その記載にあたっては防衛省防衛研究所が公開している資料等のほか主に左記の書籍の記載を基にした。

『日本陸軍戦闘機隊　付・エース列伝　改訂増補版』秦郁彦・監修、伊沢保穂・編
一九七七年　酣燈社

『陸軍戦闘隊撃墜戦記』1・2　梅本弘・著　二〇〇七年・二〇〇八年　大日本絵画

『日本陸軍戦闘機隊　戦歴と飛行戦隊史話』秦郁彦・伊沢保穂共著　二〇二二年
大日本絵画

・檀一雄の「檀」の文字は、戸籍上の字とされる「檀」でなく便宜上「檀」の字を用いた。
・本書中の檀一雄作品の引用は、『檀一雄全集』一九七七—一九七八年／新潮社、『檀一雄全集』一九九一—一九九二年／沖積舎　を校合し底本とした。

従軍日記を読む

一　「折柳曲」　佐藤春夫から贈られた詩

折柳曲[※1]

檀一雄の洛陽に行くを送りて

佐藤春夫[※2]

いにしへは銀鞍肥馬の公子ら
笑つて胡姫の家に入りしところ
今[※3]は将兵の砲車を曳いて迫り
重慶の空を睥睨せしところ
東瀛[※4]の俠少年　筆を載せて
軍に従ひ　城内に到りなば
嚢中[※5]自ら酒銭《しゅせん》あるべし　須《すべか》らく
戦塵を浮べて洛陽の梨花春に飽け

酔余探涼の道に迷ふとも
歌に懐古の調《しらべ》　無かれ
開元天宝[※6]はただ短夜《みじかよ》の夢にして、看よ
あたらしき亜細亜は陣痛のさなかにあり
期満ち秋風の到るあらば身を鴻雁に托し
速に来り直に児と婦とを抱け
思ふに洞庭[※7]の月光も
石神井《しゃくじゐ》の清幽に若かざるべし

◎日記冒頭に記された詩は、旅立ちにあたって挨拶に佐藤春夫宅を訪れた際に贈られた餞の詩を、檀が自筆で書いたものである。
『リツ子・その愛』には、大陸へ出発する前に師・佐藤春夫のもとを訪れた檀一雄夫妻に、佐藤春夫が原稿用紙に書いたこの詩稿を見せる場面がある。小説のような事実があったとすれば、詩を受け取った檀は、これをノートの冒頭に書き写し、旅の守りとしたのであろう。

　小説のなかで佐藤春夫は「折柳曲」という題について「唐代の人々が好んで愛吟した別れ

の曲名だ」と語っている。

期日が来たら、早く石神井に帰ってくるようにと、師は調べに乗せて檀に説いているのである。

※**1**「**折柳曲**」　初出は一九四四年「新潮」七月号。中国では古来、親しい人が遠方に旅立つとき、柳の枝を環にして贈る風習があり、「環」が「還」に通じることから無事の帰還を祈ったという。ここでは、柳の枝のかわりに一篇の詩を贈ったものである。

※**2**「**佐藤春夫**」　詩人・小説家。一八九二年～一九六四年。和歌山県生まれ。生田長江、与謝野鉄幹らに師事し、「スバル」「三田文学」などに作品を発表、『田園の憂鬱』『殉情詩集』などの詩集や、評論、『小説智恵子抄』、中国詩の訳詩集『車塵集』、小説『晶子曼陀羅』などが知られる。一九六〇年、文化勲章受章。門弟が多く、檀は一九三三年十二月、評論家の古谷綱武に連れられ佐藤春夫を訪ね、以来門弟となった。

※**3**「**今は将兵の砲車を曳いて迫り**」　初出時には「今は将兵の砲車を曳いて迫り」の部分は「今は将士の血刀をかざして突入し」となっている。

※**4**「**東瀛**」　とうえい。中国の東方の海で、日本の意。

※**5**「**嚢中自ら酒銭あるべし**」　唐代の詩人・賀知章の詩「題袁氏別業」の「嚢中自有銭」を用いた語。

※**6**「**開元天宝**」　中国唐代の年号、開元時代と天宝時代のことで、第六代玄宗皇帝の治世

（七一三年〜七五六年）の全盛期。

※7 **「洞庭」** 洞庭湖のこと。中国湖南省、揚子江の南に位置する中国第二の広さの湖である。

洞庭湖の月光は、「瀟湘八景」のひとつ「洞庭秋月」として謳われた美しい風景である。瀟湘とは、中国湖南省、長江中流の洞庭湖に注ぎ込む湘江（湘水）とその支流瀟水の二つの河川を指すが、広く洞庭湖とその南に広がる長江支流の流域全体と捉えることができる。このあたりは『楚辞』の舞台でもあって、多くの漢詩人が詩に詠んだ漢詩の聖地・名勝地である。

宋代には「平沙落雁・遠浦帰帆・山市晴嵐・江天暮雪・洞庭秋月・瀟湘夜雨・煙寺晩鐘・漁村夕照」の瀟湘八景が確立し、日本でも中世から多くの詩や画の題ともなり、瀟湘八景を日本の景勝地に置き換えて近江八景や金沢八景といった日本版「八景」が生まれた。（『瀟湘八景　詩歌と絵画に見る日本化の様相』堀川貴司　二〇〇二年　臨川書店）

檀は万葉集などの日本の古典への親炙とともに漢詩にも深く親しみ、洞庭湖への憧れも強く持っていたことだろう。

詩の初出時には次の詞書が加えられている。

「檀一雄の洛陽に行くを送る　呪文もてその放浪癖を封ず」

文人の聖地を訪ねて期間が満了したら、妻子のために早く帰還するように。洞庭湖の景観も、深い林と湧き水の池に彩られた石神井の幽邃な美しさには勝てないだろうと放浪癖を戒めたのである。

なお、檀が第二の住処として愛した福岡県の能古島《のこのしま》は、万葉集にも詠まれた島で、日本が中国の「瀟湘八景」を模して、博多湾を洞庭湖に見立てた「博多八景」では〝能古帰帆〟として八景のひとつに謳われているという。(同右)

二　七月五日〜七月六日
東京〜博多〜松崎

7月5日

雨である。警報下の東京を出発

太郎[※1]が一昨朝から発熱、38%（※ママ）5分前後

律[※2]も又昨日朝から下痢、恢復を待つわけにはゆかぬので二人を引連れて梅雨の中を駅頭へ急ぐ。

十一時二十分前、既に二等車は超満員にて結局三等にはみ出され、やうやく席を二つとつた。

太郎の発熱ははしからしい。熱は幾分下つたやうだがマシンが手足顔に現れた。

車内はいかにも決戦下の列車である。

小生の後席は御遺骨をかかへた三十才前後の婦人、永いこと席がなくて後に、太郎の横に坐つた婦人はこの四十日ばかり前に召集された人の夫人、生後二ケ月の赤子を抱いてゐる。夫は1、2月前に応召し、今日病スグコイの電報にて小倉迄急行の由。

前の旅迄は車窓から売られてゐた弁当が車内で発売される。気がついて見ると私達の車は食堂車の改造で、売出の窓口は極て近い。パンと煙草を買ふ。

（※空欄に記載）

風に当てぬがよいと隣席の伯父さんの注意である。但し暑いので窓は大概開放されて、太郎の衣服が風にひらめくから気が気ではない。ハシカにしては元気である。

雨は大阪辺りから上つて、須磨明石辺りの月が出た。

7月6日
車窓からではあるが北九州地帯爆撃の後が見える。被害は云ふに足りぬやうである。

隣席の人が当日の思ひ出を語つて、市民の士気は愈々旺盛だと語つてゐた。

「東京辺りで大変な噂がとんでゐるさうぢやないですか、こちらは皆落着いてをります。自信が出来たんですね」

と云つてゐた。

正午博多駅着、駅頭に律の母、姉、忍[※3]の出迎へあり、天神町にて別れる。

松崎[※4]着、太郎元気なし。

忍の結婚の件にて深夜まで話しこむ。

母と耐[※5]と私三人で月明の松崎を散歩。蛍三四。

長尾君[※6]と忍は遠廻りにて談合の由。帰宅　結婚に決定の由。

太郎高熱なり。夕刻39度4分。

呼吸脈搏乱調、午前三時頃重態の心地にて心細し。死ぬかも知れぬと蚊帳の中で母、私、律　顔

見合はす。但し三時半頃より呼吸が楽になり、脈が正しく恢復して来た。明朝の模様を見て医師に行くことにきめる。

◎七月五日から七月六日は、東京から福岡への列車の旅である。

当時檀は律子と結婚して東京・石神井に住んでいた。陸軍報道班員の徴用令状を受け、所定の期日（七月八日）までに下関発釜山行きの船に乗らなければならず、急ぎ妻子を連れて福岡へ向かう。長い留守の間、福岡市郊外の松崎に疎開している自分の母に、妻子を預けるのである。

発熱している太郎の快復を待つこともできず慌ただしく乗る列車。遺骨を抱いた客、応召後病気になった夫へ赤子を抱いて会いにいく夫人等、戦時中の混み合う長距離列車の状況が描かれる。

この「7月5日　雨である。」から「パンと煙草を買ふ。」までの文章は、『リツ子・その愛』冒頭近くにそのままの形で生かされている。小説ではさらに詳述し、列車内の情景として再構成しているが、ほとんど日記文そのままである。少し長いが比較のため次に引用しておく。

＊＊＊＊＊＊＊

七月五日。雨である。警報下の東京を出発した。太郎が一昨夜から発熱して、三十八度五分前後、リツ子もまた昨朝から下痢がつづいており、かたわら荷造りで疲れ果てているが、二人だけ

では残らぬという。下関乗船が七月八日と決められている以上、恢復をまつわけにはいかないから、二人を連れて梅雨のなかを駅頭へ急いでゆく。十一時二十分前に東京駅へたどりついたが、二等席は軍人で超満員、結局三等にはみ出され、ようやく座席を二つ、一ところに譲り合せてもらった。

太郎の発熱はハシカらしい。熱は幾分下ったようだが、マシンが手足、顔に現れた。近くに赤子がいないかと、気がかりの様子で、リツ子は何度も囲りをたしかめているのである。太郎を膝にしたリツ子の横には、遺骨を抱えた三十前後のヒステリックな未亡人が腰をかけている。間歇的にくしゃくしゃっと頬の筋肉がひきつるが、涙を嚥《の》みこんで泣いているようだ。けれども涙は外には現れない。時々太郎が遺骨の箱にじゃれかかろうとするので、リツ子はしきりに気を揉んでいる。ハシカの割に、今日は元気のようだ。

「風にあてぬがいいですよ」

と隣席の好人物らしい親父さんが云ってくれている。それにしても暑い。どの窓も開放されていて、太郎の衣服が、風にヒラヒラとめくれるのである。雨は大阪辺りからすっかり上って須磨明石の周辺の月が出た。松と渚と月の海を清し、と眺めながら、旅心を鎮めようと願うのだが、その度に太郎の衣服が風にひるがえって、妙に浮足立ったような不安定の焦慮がつきまとった。

前の旅までは車窓から売られていた弁当が、今度は車内だけで発売されている。気がついてみると、私たちの車は食堂車の改造で、料理窓からなにかと売っている様子だから私は物珍しく立上って煙草とパンを買ってきた。が、なんの粉をねり合せて焼いたのか、とうてい食べられるも

のではない。リツ子も私も食べやめて、なんとなしに黙りこんでしまうのである。（『リツ子・その愛』一）

※1「**太郎**」　檀一雄の長男・太郎。当時満一歳に満たなかった。
※2「**律**」　妻・律子。一九四二年結婚。
※3「**忍**」　檀の異父妹・忍。一九四三年、日本女子大へ通うため石神井で檀夫妻とともにいたが、翌一九四四年、勤労動員で学業ができなくなり大学をやめ、母の住む福岡・松崎へ帰っていた。
檀一雄のきょうだいは、一雄の妹が三人、母トミの再婚先・高岩家で生まれた異父弟妹が六人。一雄を含め十人である。
※4「**松崎**」　当時の福岡県三井郡立石村松崎（現在の福岡県小郡市松崎）。トミは物資の乏しい福岡市から離れ、「松崎のおてび山という小高い所の松林を千五百坪買い、一部を宅地にして家を二軒建て、林の中の小径を広げて、東側には借家も一軒建てていた」ほか、広い畑も作って生活していた。（「兄・ダンカズオ」長尾忍　「檀一雄―文学の故郷　野田宇太郎文学資料館ブックレット」一九九四年）
※5「**耐**」　檀の異父妹、耐《たえ》。忍の妹。母トミや他のきょうだいと共に松崎で暮らしていた。
※6「**長尾君**」　作家・長尾良《はじめ》（一九一五年〜一九七二年）。檀の東京帝国大学後輩で、日本浪曼派の後輩でもあった。著書『地下の島』『太宰治　そ

の人と』『長尾良作品集』などがある。一九四四年八月、檀の異父妹・忍と結婚した。

三　七月七日〜七月八日　伊崎〜下関〜釜山

7月7日

七時頃起床、快晴。太郎至極元気なり。午前の昼寝の後、更に元気を取戻し、家中を匍ひ廻る。

皆安堵。鶏を見てポッポを覚え、兎を喜ぶ。

但し昨夜の高熱の為か下痢四五回、これならば福岡に連れてさしつかへないと出発。

三時のバスに乗遅れ、一里を太郎を抱へて徒歩。

小生のみ急行にのりかへ駅を廻り明朝の切符を買ふ。伊崎※1に七時半頃着いた。

太郎は食卓の所で大〈※ママ〉に暴れる。

忍は良君を伴ひ九時頃伊崎に来た。

ビールと焼酎を持参、乾盃、耐のみ泊ることにして十二時頃別れる。

頭を剃るひまなく姉を送つてバリカンを借りに行く、途中※2太郎のことにて争論、不愉快。間もなく警戒警報発令。すぐ空襲※3警報となる。母、律、太郎、耐を海辺に避難させ、正道※4を防空壕に。

月明下、敵機の唸り声両三度。

海岸と正道の防空壕とを往復する。恐怖なし。

三時より月明りの中で支度する。

汽車があるかどうか心配だ。

三[※5]時半より一睡もせず空襲警報下を駅迄強行。足の関節傷み、苦痛甚し。

駅到着4時半、四時の始発もなく4時45分が一時間遅れて発車した。

沿道何の被害も無い模様である。夜が明ける。

7月8日
9時半に下関着、もう発航した、優先券をもらへといふ駅員の言葉だが　兎に角走つて見る。間一髪にて乗船、上[※6]田氏と会ふ。

船中浮袋の着装等あり。

飛行機が身近に護衛してゐる。

朝鮮近くなつているかの大群に会ふ。鷗も舞ふてゐる。壮観である。

釜山到着6時。駅ホテルにて夕食。

7時半京城行に乗車

◎松崎一泊の翌日は、太郎も元気を取戻し一安心である。律子の実家である伊崎の家に行く。妹の忍も婚約者とともに来ていっしょに過ごす。
　入隊には丸刈りにしなければならないが、それもできずにいたのでバリカンを借りにいくなど、仕度が急がれる。

この頃すでに米軍による北九州地域への爆撃が始まっており、真夜中に空襲警報が発令される。皆を避難させなければならない。一睡もせず九日午前三時半に警報下を出発、そのまま翌八日に下関からすべり込みで乗船することができ、朝鮮半島へ向かう。船は朝九時半過ぎの出航で、同日夕方六時に朝鮮半島の釜山港に到着し、直ちに京城行の列車に乗る。

ただし、釜山から先の目的地についてはこの時点では書かれていない。課せられた秘密事項であろう。

※1「伊崎」　伊崎《いざき》は当時の福岡市伊崎浦（現在の福岡市中央区伊崎）。律子の実家はここで開業医をしていたが、律子の父は律子の結婚三か月前に他界していた。

※2「途中太郎のことにて〜不愉快。」　律子の姉とのやりとりで不愉快を感じるのは、檀のいない間、律子と太郎のすごす場所のことで、律子の弟正道が結核で療養中のため、伊崎で過ごすことに感染の恐れを感じていた檀と、療養の手助けで律子を頼みたい律子の姉の思いが衝突したかと思われる。

※3「空襲警報」　北九州にB29による最初の爆撃があったのは六月十六日未明。七月八日午前二時ごろ、中国の成都からB29十数機が二回目の北九州爆撃を行った。日記の空襲警報は、この二回目の爆撃時に発せられた広域的な警報と思われる。『戸畑市史』『北九州市史』に、この空襲についての記述がある。

※4「**正道**」　律子の弟。

※5「**三時半より～駅迄強行。**」　日記には書かれていない、律子との慌ただしい別れの様子は『リツ子・その愛』から推測するのみである。

※6「**上田氏**」　檀と同時期に陸軍報道班員として派遣された小説家の上田広（一九〇五年～一九六六年）。千葉県生まれ。鉄道省に勤務しながら創作活動を続け、一九二六年に鉄道第二連隊に入隊、除隊後に同人誌を創刊するが一九三七年支那事変勃発とともに応召、戦場で執筆した『黄塵』（初出：「文芸首都」）などにより地歩を固めた。檀と同時期の派遣以前に、一九四一年には陸軍報道班員として南方へ従軍した。『一帰還作家の手記』『地熱』などの作品で知られる。

四　七月九日～七月十三日
京城～奉天

7月9日
朝　京城着。
上田氏姉上渡辺氏宅に宿泊、ビールの御馳走になる。
夕刻韓江の畔散歩。河岸公孫樹の二大木あり

7月10日
雨　ダットサンで送られ、8時15分発の興亜[※1]に乗込む。奉天[※2]の妹宛電。

新義州辺りの水田が雨に煙つてゐる。

鮮人の農夫が白い着衣のまま苗代の田の草を取るふうだ。

白鷺が一羽降りてゐる。

7月11日
朝4時55分奉天着。
出迎へなし。電報の到着遅れたせいか、番地不明の故であらう。

奉[※3]ビルにゆけども宿なし。町[※4]全体の様子が前回見た頃と違つてゐる。洋[※5]車、馬車が日本人を全く乗せぬ。空車だから近寄ると先方から逃げてゆく。客があると云ふのである。

奉ビルで辛うじて朝食。

[redacted]龍丸に道で会ひ瀋[※6]陽館に行つてみろと紹介されたがことわられた。

広場の協和会本部で内[※7]田の住所を聞き、電[※8]車に乗る。

大東門にて乗換えの由。

路傍に雑多の露天商が蝟集してゐる。南京豆一斤十二円のを半斤五円に値切つて買ふ。上田氏も青林檎を五円買つてゐる。（八つばかりなり）

煙草はpoppyの30銭定価のもの1円20銭位である。

満[※9]飛行に乗り部隊前で下車して内田の住所尋ねあてた。案の上（※ママ）の豚小舎同然だが夫妻睦じく。

前後ろの庭にトマト、隠元、玉黍、不断草、茄子、胡瓜等をぎつしり植えてゐる。見慣れぬのは花が芥子で、根部が蕪のやうに大きく結球してゐるのがある。満人は漬物にしてよろこぶさうだ。

久美は防空演習の査閲に出場。

一服の後、内田と二人連れだつて買物に出る。野菜屋に胡瓜、ネギ、夏大根二十日大根等が山と積まれてゐる。葱と胡瓜と玉子を買つたが豚肉は後程来るといふので帰宅。浴後再び出向いて豚肉一斤買つた。9円である。内田が醤肉を半斤買つた。一斤十四円位の由。母や私の幼年の頃の写真を久美が持つて来てゐるのをしばらく眺めた。

腕をふるつて、炸肉片、甘豚炸、冷菜、玉子の汁、と豚胡瓜の汁を作つた。

ビール四五本と白酒あり、酔ふ。

7月12日

朝八時に新京より壽美[※10]到着かも知れぬとて久美出迎へに行つたが空しく引返して来た。
正午頃電報にて一時到着といふことで久美大急ぎで出迎へに行き同道で帰つて来た。
夕食の仕度の頃から大雨となる。白酒を飲む
母の写真等を一同で眺めた。

東西長安街槐樹と馬纓花（合歓）
（※ページ上部欄外に記載）

7月13日

時折雨なり。但し正午頃から天気上つて三時に家を出る。
上田氏　内田、壽美、久美等五人連れにて駅着　17時45分発北京行に乗込んだ。
車中近藤少佐と田中幸榮といふ福昌華工の重役と同席し、田中氏五時間ばかり話し続く。

①民族同化困難の話
栓君といふ満鉄[redacted]の遺児を折田といふ満鉄人事課長が養育し、その洋行中栓君は南京陥落と漢口陥落の日に泣きわめいて〔ヒットラー要塞でかためた南京がお

ちる道理はない、これは悪逆な方法で日本兵が入城したのだ」と狂態を演じたので折田氏帰国後に三日三晩泣いて訓戒ようやく思ひかへしたといふ話

②満州事変勃発当夜の話
　遼陽駅長時代

③遼陽飛行場を購入の話

④蘇聯恐るべしの話

北鉄接収の日に紙一枚　鉛筆一本其儘引継がれた

（※上部欄外）

北京に入るに当り、汽車は其第一の車站たる豊台に停る。城壁が目前に蔽ひ来る。花時には必ず盈握の芍薬をもつと隻（※ママ）らんとするもの有りと云ふ。が僅に盛夏の蟬の声のみする豊台の居民　皆花を植えて業となすと

　賈花翁

清初の詩人毛奇齢（西河）の姫妾田々は実に豊台の賈花翁の女であつたといふ。吸[※11]風飲露正しく[※12]姑時の肌を想見するに足る美人なりしと。

◎釜山からの列車は京城に到着し、そこで知人宅に一泊、その後満州の奉天へ向かう。奉天には妹たちが暮らしており、得意の料理の腕を奮い、にぎやかに食事をし、昔の懐かし

い写真を見て過ごす。

街路樹は槐《えんじゅ》と馬纓花《ばえいか》（合歓《ねむ》の別名）が、ともに夏の花期を迎えている。槐の白い花、合歓の薄紅の花が美しかったのだろう。

皆と過ごしたあとは、北京行の列車に乗り込む。

旅の車内の会話からは、日本の統治下にある当時の状況がうかがえるが、豊台駅周辺は昔から花卉栽培の盛んな土地柄であることなどが記される。

※**1**「**興亜**」　朝鮮総督府鉄道の急行列車名。朝鮮半島から中国大陸へ直通した。客車は華北交通所属。（『改訂新版　大日本帝国の海外鉄道』小牟田哲彦　二〇二一年　育鵬社／扶桑社）
※**2**「**奉天の妹**」　檀家の一番下の妹・久美のこと。福岡で教師をしていたが檀の旧制福岡高等学校・東京帝国大学時代の親友で満州で暮らしていた内田辰次と結婚し、満州へ渡っていた。檀は到着を電報で知らせたが、行き違いがあって久美の出迎えはなかった。
※**3**「**奉ビル**」　当時の奉天市住吉町にあったホービルホテル。数百の客室を有する大ホテル。
※**4**「**町全体の様子が前回見た頃と違つてゐる。**」　一九四〇年の頃、満州を放浪したときとの比較と思われる。
※**5**「**洋車**」　人力車。

※6「**瀋陽館**」　当時の奉天市琴平町にあった旅館。
※7「**内田**」　久美の夫・内田辰次。檀の旧制福岡高等学校・東京帝国大学時代からの友人で、檀の妹・久美と結婚して奉天に住んでいた。
※8「**電車**」　路面電車と思われる。
※9「**満飛行**」　満州飛行機製造株式会社行きバスか。
※10「**壽美**」　檀家の二番目の妹。久美の三歳上の姉。檀の父母の子として三保、壽美、久美の三人の妹がいるが、壽美は東京の女子美術専門学校卒業後、一九四一年頃満州に渡り、新京にあった博物館に勤務していた。東京での女子美術時代は一雄と同居していた。当時中国大陸で暮らしていた妹は久美、壽美の二人であった。
※11「**吸風飲露**」　清らかな仙人の生活のこと。
※12「**姑**」　若い娘の意か。

五　七月十四日〜七月十五日　山海関〜北京

7月14日
朝五時頃山海関[※1]到着。

駅構内の橋を渡つて停車場司令部に後払切符を受けに行つたが二等になり、部屋を変つた。

畑地は玉蜀黍と麦が多いやうに見受けられる。朝鮮に比べ野菜類が少く又地味が痩せてゐるやうだ。肥料が無い為かも知れぬ。

柳と墓地の松が見え、右手に突兀たる岩山が見える。

朝食　２５０銭一皿。不味し。

天津[※2]着　アイスクリーム、羊羹等何でも売つてゐる。アイスクリーム一つ二円五十銭。氷棍（アイスケーキ）一本八十銭。紅毛人がふえてきた。

午後二時北京着。暑し。

すぐ目の前に煙草の前門が見える。兵站にて偕行社[※3]を割当てられ兵站バス四時半　偕行社着、入浴、生ビール二本と夕食。

7月15日

昨夜は蚊帳の中の蚊に時々目を覚したがそれでも七時頃迄熟睡。

大変な暑さで両三度体一杯の汗に飛び起きた。

杭を大勢の肩に負ふた葬式に会ふ。

派遣軍司令部に竹田報道部長を訪ね南京迄の切符を手配してもらふ。待つ間網戸を漏れて蝉の声
槐樹《エンジュ》の大木数本あり。

偕行舎《（※ママ）》に帰つて昼食後、一人で華北交通の加藤[redacted]部長を訪ね不在。

東華門に至る。右手の濠の中に蓮の花、
東華門を入り古物陳列所に入る
槐かアカシヤの緑葉黒幹をくぐつて旧紫禁城を一巡、遠方に紫色の程よい山（西山）の形が見える。

雑草がはみだした炎熱の石甃　強さうないなごが一匹ゐた　を歩き、朱壁・黄甍の徒に灼けたるを見る。

太私殿の入口にサイダー等を売つてゐる。

引返して明治製菓を見付けミルク（1．50円）アイスクリーム（1．00）を飲み人心地に還る。

東単牌楼から電車に乗り東四北大街の名刺屋に依頼せし名刺を取りに行つたが、見当らない。

東四牌楼の手前だと思つたのに実は先であつた。

名刺代15円払つて帰つた。上田氏の友人と夕食。

蟬の声しきり。内地の油蟬の声に似てもつと乾いた声である。
煙草はMercury 20本6円、Pirate 10本3円位だ。
なつかしい人柄の女中さんが部屋係で旅中僅に心和む有様である。

人待てば灼くか旅宿の蟬の声
暑さに言葉を忘《ぼう》じ行方を見誤ふて終いました。
此処で御目にかかれることを楽みに待つてをりましたが、先に中支へ（※ママ）方へ出発いたします。
土屋文明※4
加藤楸邨
石川延雄
氏等へ伝言の名刺の裏に

菓子と牛乳うまし。
八時といふのに未だ蟬の声である。（或はバッタ様の虫か）
◎七月十四日、列車は遼東湾沿いに走り、山海関、天津と停車しつつ北京に到着する。
北京で一泊、翌十五日に南京までの切符手配を頼む。挨拶すべき人々を尋ねるが不在だったようである。
紫禁城を一周、頼んでおいた名刺を受け取るなど、仕事の準備を進めている。旅先の風土の目新しさからか、風景や植生を丹念に記している。

ここに至って未だに目的地は明かされない。

本書11ページのように、行先などは「口外まかりならぬ」事項であろう。

北京では、同じく徴用で来ているはずの作家たちに会えるかと思ったものの、会うことなく出発せざるを得ないので、書置きを残している。

■檀一雄の同行者

ここで、檀の「同行者」について述べておく。檀一雄のエッセイ「敗戦の唄」によれば、同行者として七名の氏名があげられている。
上田広（小説家・一九〇五年〜一九六六年）
伊藤永之介（小説家・一九〇三年〜一九五九年）
高見順（詩人・一九〇七年〜一九六五年）
石黒敬七（柔道家、放送タレント、エッセイスト・一八九七年〜一九七四年）
服部良一（作曲家・一九〇七年〜一九九三年）
荻原賢次（漫画家・一九二一年〜一九九〇年）
渡辺はま子（歌手・一九一〇年〜一九九九年）
また、十月の檀の日記を見ると、百田宗治（詩人・児童文学者　一八九三年〜一九五五年）とも行動を共にしている。

さらに新聞社の記者、カメラマンなどの氏名が見られる。宣伝・宣撫を行う報道班員が多数派遣されていたことがわかる。

前述の高見順「徴用作家」を見ても、南方にも中国にも非常に多くの文化芸術関係者が送られていた現実が描かれている。

同行といっても檀の場合、全員で揃って移動したわけではなく、それぞれが指定された船便で各自大陸へ渡り、漢口の報道班司令部に集まり、そこで行先を割り振られて行動したようである。

檀の大陸への同船は上田廣であったが、のちに記されるように漢口で命じられた配属先は別々だった。漢口から先は各々のルートで移動していった。時折ルートが重なるときに出会い、また別れ、お互いの消息は人づての情報などから確認したようだ。

※1「**山海関**」　満州と中華民国との国境の地名。万里の長城がこの海まで達する要衝。

※2「**天津**」　中国の大都市。日記からは物資が豊富で当時の明治製菓も進出していたことがわかる。大都市で港町だけにさまざまな人種の人々を見かけている。

※3「**偕行社**《かいこうしゃ》」　檀が宿泊場所として指定された偕行社は、一八七七年に創立された陸軍将校の親睦および学術研究を目的とする団体で、機関誌発行や陸軍組織の軍装品などの製作・販売も行った。

※4「**土屋文明、加藤楸邨、石川延雄**」　歌人・土屋文明（一八九〇年〜一九九〇年）、

俳人・加藤楸邨（一九〇五年〜一九九三年）、
歌人・石川信雄（一九〇八年〜一九六四年）。
石川信雄は、日記では「延雄」と書かれている。

■この後の行動について

七月十五日、北京で加藤楸邨ら三名に伝言を残したところで日記は一度中断している。再開するのは八月十六日で、それまで約一か月間の空白となる。

再開したときは檀は既に漢口に着いていて、いつどのように到着したかは、日記からは不明だ。どんな足跡で漢口に行ったのだろうか。

そこで同行者の手記を調べたところ、小説家の伊藤永之介が克明な記録を遺していることがわかった（「支那紀行ノート」／秋田県立図書館蔵）。ここでは仮に「伊藤ノート」と呼ぶ。

伊藤永之介（一九〇三年〜一九五九年）は秋田市の生まれ。本名栄之助。秋田市の日銀支店、秋田新聞社、上京後にはやまと新聞勤務を経て「文芸戦線」「文芸時代」への評論執筆で文学的出発をした。のち農民文学への関心を強め、一九三八年には短編小説「鶯」により第二回新潮社文芸賞を受賞、戦後も農民文学評論や小説「なつかしい山河」など、社会主義的な批判精神に貫かれたリアリズム小説を発表した。

一九四四年七月から十一月まで陸軍報道班員として中国大陸の湖南地方に赴いており、「伊藤ノート」はこの間の日々の記録である。

この「支那紀行ノート」は活字化されていないため、公開されている画像を読んでみたところ、檀の北京〜南京〜漢口の動きが浮かんでくる記載があった。

一九四四年七月十九日、上田と檀が南京へ到着した記述である。

その日、伊藤は南京にいて、朝、南京の報道部に出勤し戦況に関するニュース映画を見ていた。檀は北京で、南京までの鉄道切符を依頼していたから、南京に集合だったのだろう。

「……を見ているところに上田広、檀一雄両君が本日、昨日着き、徐州でやはり爆破のため一夜をあかしたとのこと」

という文章がある。

鉄道の南京駅到着手前の、南京北西に位置する徐州の駅で米軍の空襲に遭い動きのとれない一夜を過ごしたのち南京に到着、日付は七月十八日か十九日だったことがわかる。

南京には石黒敬七も到着していたようだが、翌七月二十日には伊藤は船で出発する。

「午後二時半、乗船といふことになり十一時十分のバスで石黒、上田、檀の三氏に別れ報道部に行く、途中の証明書を貰つた、軍の車で下関（シャーカン）のはとばまで送られ」

て船で長江を移動していく。

再び伊藤と檀が行動をともにするのは、十月である。

七月十八日か十九日の南京到着ののち、そこから漢口までは揚子江をたどる船便を利用したようだ。後述する「従軍スケッチ帳」の中に、八月八日の日付で、船便で漢口に到る少し前の黄岡という地での揚子江スケッチ（倉子埠）が残っているので、船で移動したのだろう。

次章、八月十六日から再び日記が始まる。

六　八月十六日～八月二十一日　漢口（陸軍飛行第九戦隊）

8．16？《（※ママ）》

[※1]朝日支局の入江氏が隼[※2]から支局に帰つてゐるかも知れぬといふ話を報道部にて聞き、一度揚子江ホテルに帰つて後支局に行く。上田氏がフイリツピン《（※ママ）》にて知己であつた菅原氏の部屋に入る。部屋散乱して、氏は無精ヒゲを生やした儘少し体具合悪い様子にて丁度横臥中であつた。菅原氏が窓から「入江君」と呼んでゐる。在社中である。

「おーい」といふ返事が聞える。

訪ねてみる。丁度支局長も居合はせ種々雑談。[※3]岡澤秀虎情報局長の話等。入江氏は自宅が久留米にて佐賀高校の出身の由。隼報道部の鳥越中尉が柳河《（※ママ）》の出身にて大陸新報の僕の記事を読み〔なつかしいな〕と云つてゐたといふ。車にて隼司令部に行く。三階である。

窓から見ると、美しい森に蔽われてゐる。

宮内少尉に挨拶。週番である。

上田氏は夜の会に出席するので先に帰る。鳥越中尉は外出中の由。それまで待つ。やがて鳥越中尉帰つて来る。三池中学の出身にて大和村が御宅の由。

[※4]僕は戦闘隊、上田氏は爆撃隊に配属ときまる。

漢口の戦闘隊にしばらくゐて、白螺磯[※5]にやつてもらふ由、〔但しあそこは充分気をつけて下さい。九日にも兵舎を焼かれて終つて、兵隊が全部褌一つになりました〕といふ話である。

最近捕虜になつた米津少佐の話。年は二十四才で中隊長ださうだ。

〔どうだ、命が惜しくないか〕

〔天命だから仕方がない。殺されてもよい〕

〔妻はあるか〕

〔恋しくはないか。死んだら会へぬではないか〕

〔恋しくはあるが仕方がないことだ。自分は国の為に存分に戦つたのだから思ひ残すところはない。死んでもよろしい〕

〔死んだら天国に行くのか〕

〔自分はカトリック信徒だが、天国が必ずしもあるとは思はない。おそらくないだらう。然し国の為に戦つた。だから或は後になつて善良なアメリカ市民として生れ変るかも知れぬ〕

〔日本の飛行機はどうだ〕

〔アメリカ一機で日本三機[※6]に十分当れる。その位の性能だ〕

と色々所信を述べた由。シエノートのアメリカ三機にて日本一機に当れといふ訓示の逆である。

入江記者が渡辺はま子達の慰問演芸を迎ひに行くといふので同乗する。雨である。武漢ホテル別館に行く。

渡辺はま　佐伯孝夫[※7]　両氏出て来て同乗。

〔白螺磯にゐらつしやるさうね。気をつけてね〕と肩を叩かれる。

服部良一君は友人の医者の家にゐるといふので迎へに行つたが連絡悪く酔つてゐる由。

〔一人でやるわ〕とはま女史雨の中を帰つてくる。

揚子江ホテルの前で下ろしてもらふ。

8・17
大陸新報に約束してをいた車が来ないので十時半から徒歩で行く。

憲兵隊司令部から左に折れ線路を越え土民街に出る。道わからず何度も聞くが誰も知らぬ。

雨が降つてくる。土民の家の軒下にかくれると中で麻雀をやつてゐる。往来から見えるところだ。

雨止んでサイドカーの将校に道を聞き　蓮池の畔に出る。

池で土民が釣をやつてゐる。見てゐる間にハヤが釣れた。

森が見え、あああの建物だとわかる。橋を渡ると左右果樹と植木である。木槿が咲いてゐる。赤い垂れ下つた蔓の花が咲いてゐる。桃林がある。

池の中に亭が建てられ　その亭の下の水の中に三匹水牛がもぐつて眼と鼻だけをつきだしてゐる。

昼食の寿司を馳走になり、入隊の日取は後からホテルへ知らせるといふことである。

丁度毎日の田代記者に会ひ車に同乗させてもらふ。夜七時半より仏租界の荒井

8・18　荒井

8．20　晴

隼報道部の宮内少尉が朝十時頃車をもつて迎へに来、遅れて申訳なかつたと丁重に詫を云はる。

昨日栗原[※8]信氏が〔両君家を出ずに待つてをりますよ〕と云つてくれたらしい。早速仕度をして同乗。

飛行場を廻つて〔[※9]やくやまぶたいせんとうしきしよ〕と墨所（※ママ）されたピストに行く。

ピストといふのは休憩所のことださうである。〔何語かしらぬ〕と宮内少尉が云ふ。

森田少尉、長谷川少尉に会ひ明日夕食より部隊発言を頼む。

空中勤務者の増野浩軍曹、田中文雄軍曹紹介さる。両頬を初めて初ひ（※ママ）初ひし。なまめかしいばかりである。支那居住の硬直した日本人の表情ととびはなれて久しぶりに爽快である。増野軍曹は少年飛行兵出身の由。

飛行機の前にて簡単な説明を聞く。

ピストの前で役[※10]山部隊長に会ひ挨拶〔よろしく願います〕といふ。紫外線除けの眼鏡を懸けた、三十前かと見られる少佐である。

宿に帰つて仕度をする。

夜B29内地空襲　六十機にて　うち十数機撃墜と大本営の発表があつたと宿の親父が云ふ。

8．21　曇り時々雨

愈々入隊といふので準備を終る。

上田廣氏は丁度便があるから武昌の爆撃隊の方へ入隊と決る。

宮内少尉から又電話があつて　[※11]大毎の田代氏と連絡の上　同行入隊されよ　といふことである。

田代氏に電話する。早速来て下さいといふので宿を払ふ。[※12]伊藤碧水氏が昨夜来て色紙を置いていつたからと栗原信氏持参されたので急いで句を書きつける。

　　雲飛んで遊子別るる秋の水
　　雲飛んで人別れゆく秋の江《うみ》
　江上に人別れゆく秋に入る

と後者の方よろしきやら後で思ふ。
上田氏と別れの支那そばを例の花楼街　竹林軒で喰べる。雨。ホテルにリュックをあづけ〔命があれば二十日程後に取りに参ります〕と云ふ。
洋車にて毎日に行く。田代氏は近日一月位の予定で北支をめぐり報道班員の配置の再編成を調査してくる由。
〔役山少佐に会つたことがないから挨拶旁々同行しませう、たしか今日はB29を追つて出撃してゐる筈ですよ〕と田代氏。
〔B29の情報ありませんが〕と僕
〔60機行つて25機撃墜、内4機不破[redacted]、20人ばかり落下傘で飛下りて捕つたさうです〕
〔全く図う図うしいな、殺せばいいな〕と誰かがいふ。

〔すぐ後又20機行つたらしく、それを出迎へて今はやつてゐるかと思ひます〕と田代氏。

車にて社を出る。雨の中を昨日行つたピストへ行く。二階に上り役山少佐に正式に挨拶する。

〔B29の出迎へはいかがでした〕

と田代氏。

〔いや天候が悪くて駄目ですね〕

と少佐。

田代氏間もなく辞去。部隊長と二人になる。

役山少佐は明野からこの六月に来られた由。

〔支那はまだ何もわかりません〕

と、年の頃は三十少し前の様である。バターン、コレヒドルで九七に乗り一年ばかり南方を経て明野の教員をやりこちらに来られた由。金沢が御宅で、家族は明野に置いてゐる　とのことである。子供さんが4つと一つ。

〔子供が大勢をつて皆軍人なのに一人も死なないのは相済まん話だと親父が云ひます。男の兄弟は2人で軍人だが、妹が軍人に嫁いでるし誰もまだ死なないもんだから〕

と少佐が笑ふ。

〔どうです　女房を持ち子供が生れると士気に関係しますか。あなたの考へを率直に云つて下さい〕

と少佐が突然訊ねられる。

〔さあ、私のやうな者はつきつめて生死のことを思ふたこともありませんが、今度出発（して）自分なりに考へて見たこともあります

勿論こちらにやつて来て妻子を恋しく思ふことはあります。さういふ時間はありはするが、例へば白螺磯に行かうと思ふ場合、それを断行する勇気にはかかはりないやうに思ひます。任務に対する時と愛情とが大むね別の出発点で別の道をたどるやうに思はれます。

それを正しく分けてをきさへすればよいやうな気がします。白螺磯なら白螺磯で爆弾を受けながら強い勇気をもつ、それと同時に今迄にないやうにはげしく妻子を慕ふかも知れません。然しそれは有難いことだと思ひます。

さういふ稀有な時間を持ち得ることはかけがへのないやうな気がします。然しまだ実際の切実な時間を体験してをりませんから〕

〔さうですね。私が南方に行つてゐた頃既に女房と上の子を持つてをりましたが当時中隊長でしたが中隊の中で妻子があるのは私だけなのです。自分で何でもないと思つてゐても何処か臆するところがありはしないか。若し万一そんなことがあつて中隊の士気に影響する所があつては申訳ない、と毎日その事を思ひました。

毎日その事を考へながら出撃してをりましたが、今考へて見るとどうもぎこちないところがありました。必要以上の無理をするんですね。そこのところが却つておかしいと云へたかも知れません。今やうやく平静に、常の通りになれたと思ひます。

同期生は三十人だつたのが今八人残つてゐます。上中下に分けるならその上の部と下の部が大体

なくなつて、まあ残つてゐるのが中程のところでせう。幸ひ、私など今迄生きて少佐迄[redacted]していただいたから、もう思ひ残すところはありません〕
と少佐は厳粛に云ふ。濡気を帯びて風が四方開け放つた部屋を通つて、机上に置かれた書類がハタハタと鳴つてゐる。
〔指揮、殊に戦闘機の指揮といふものは難かしいものです。爆撃機ですと六七人乗つてゐて、指揮する者が真先に立ち大概部下を掌握できる。ところで戦闘機だと一人一人で全く行動の異る一機づつを所有してゐます。それで平生あけすけにありのままに部下とふるまふて全人格で部下の尊敬を受けてゐなければ駄目ですね。
加藤[※13]軍神は私の教官でしたがあの方は偉かつた。ありのままであけつぱなしなんだが、そのあけつぱなしの全部が立派なのですね。私達があけつぱなしではきたなくて地金が出て恥かしい話だが、軍神はその地金が立派だから誰だつて尊崇の心を持つと云つたふうでした。地上部隊ですと、大概威厳を持つて臨めば指揮といふものは兎に角一通りは出来るが、これが戦闘機隊だと心服してゐなければばらばらになるのです〕
其他現代の教育について、親のしつけについて、戦闘機の性能について、支那の戦局について雑談。
露台に大きなドラム缶がつつてあるから何ですかと聞くと〔鐘の代りですよ〕と部隊長が笑つて答へる。
卵焼の夕食を共にして部隊長の車で先に兵舎に帰してもらふ。日直士官室である。

兵舎の窓から見るとこの先に三棟あつたさうだが六月の爆撃で焼けて荒野になつてゐる。煉瓦やブリキの焼け残りが散つて、その草むらの間にこほろぎが啼いてゐる。

風に（※欄外のイラストを示す線あり）が白く乱れなびいてゐる。

九時頃から下士官室で座談会をやる。

集る下士官十四五人。それに満期兵（真先に満期をすべき兵隊だが、いつのことかわからぬのを[※14]冗談にかう呼ぶ）四五人寄つて歓談。

[※15]新郷から来た酒といふのを饗応される。

安慶で見た鳥籠の話をすると兵隊達は一勢になつし（※ママ）さうに　あれは川北といふ准尉が作られたのだと云ふ。

器用で、又神さんのやうに良い准尉さんだと異口同音に云ふ。

〔あれに初め鳥を入れといたんだが〕

と云ふから

〔いや何もゐませんでしたよ〕

と答へると

〔[※16]喰つて終つたな〕と大笑ひである。

川北准尉は今新郷に居て、B29を撃破した人の由。

〔新郷に行つたら会つて下さいよ〕

といふので本当に行つて会つて見たくなつた。

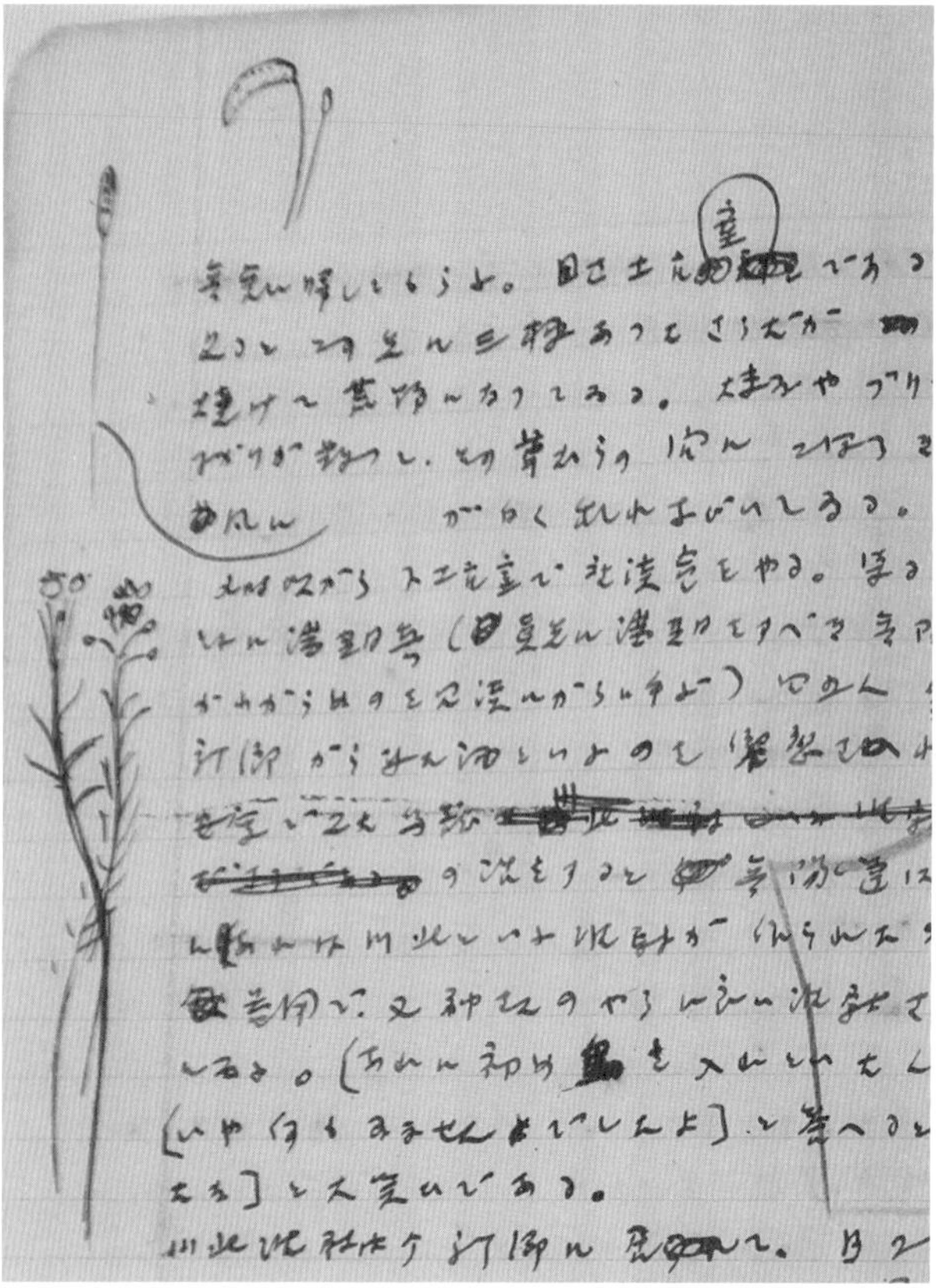

8月21日の日記から　草のイラスト

道中軍曹といふのは別名ドラム鑵・情報部長といふ。愉快な軍曹である。飛行機が出動する度にピストの二階に吊られたドラム鑵を鳴らす役ださうである。ドラム鑵の鐘は部隊長の考案の由。

内地の話、向後の話。

空襲の話が一番面白い。道中軍曹の談によると空襲の〔クー〕といふ先にもう誰の姿も見えんやうに早いですぞといふ。

〔一番早いのは野中准尉殿だよ〕

いや誰々だとしきりに笑声。

〔空襲の待避だけは早くないと駄目ですよ〕と念を押される。

〔犬死にですからな〕

といふ。

窓から見える向ふの兵舎が焼けた時に、兵隊が一人ふつとんで跡がたすかつた由。

〔この床の下あたりに飛んで来てゐるかも知れんぞ〕

と又笑声。

部屋に帰る。風があつて晩秋のやうな涼しさである。虫の声。

〔追備〕整備隊の北橋中尉から種々の説明をしてもらふ。

（※手書き軍隊組織図あり）

1.[※17] 情報　長谷川少尉

例 武昌特監180度、100粁大

特情○○編隊爆音

2. 部隊長〔始動〕といふ　ドラム缶乱打

空中勤務者指示を受け出発

3. 第二次出動準備

燃料、弾薬、滑油補給

4. 緊急体勢

緊急姿勢

甲　プロペラ回転　直ニ出発出来ル準備

乙　プロペラ回サズ

丙　飛行機ノ近クニ居レ

◎北九州市立大学大学院紀要第29号（二〇一六年）の「漢口難

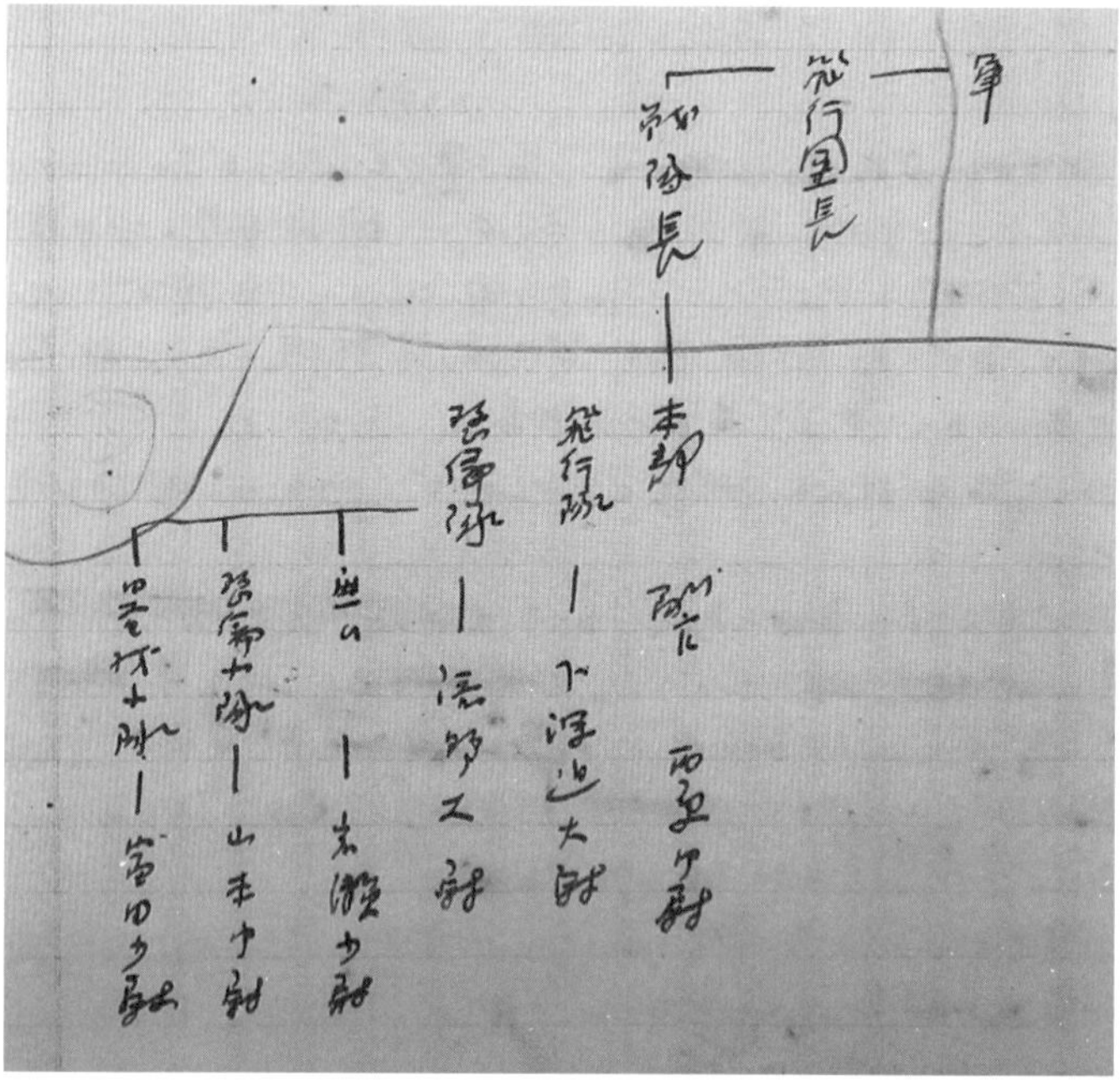

８月21日の日記から　組織図部分

民区事情」（王頴煜・整理、翻刻。鄧紅・解題、校正）によれば、漢口は「中国中部の大都会武漢市の一部分の通称である。武漢は揚子江と漢江の合流するところに位置する。揚子江の南岸は武昌である。揚子江の北岸は、漢江が揚子江に流れ込んで、漢江の右岸は漢陽、左岸は漢口。いわゆる『武漢三鎮』である。」また「二十世紀の初頭、武漢は中国二番目（※ママ）大きい都市に成長し、『東洋のシカゴ』と言われたほど繁盛した。」という地である。

　また漢口は当時日本軍にとって極めて重要な軍事的拠点だった。

　一九四三年末、陸軍は中国大陸を南北に打通する「一号作戦」の準備を開始する。この作戦は、黄河の南から鉄道に沿って南下し、三つの航空基地（衡陽、桂林、柳州）を破壊するとともに、南北交通を確保し重要拠点を占領・領有し、米軍のＢ29爆撃機による日本本土攻撃を防ぐという目的を持っていたのだった。大本営は、ボーイングＢ29超重爆撃機の製造が開始されはじめたこともあって作戦を決行、本土に近い中国の基地から飛来する脅威を防ごうとした。

　作戦は距離にして大陸縦断およそ二千キロメートル、兵力五十万人余、馬匹十万頭、火砲千五百門、自動車一万五千台に及ぶという、大規模なものだった。五十万人が中国大陸を北から南まで縦貫して移動する。

　作戦は三つの地域に分けられ、まず一九四四年四月からの京漢作戦、次いで湘桂作戦、翌年の南部粤《えつ》漢作戦の三段階に分けられた。

　この三つの作戦を実行するため、一九四四年二月、陸軍第三飛行師団が第五航空軍に改編され任務にあたることになった。

五月には、前進司令部が漢口に置かれ、作戦を遂行するため日本の陸軍航空隊は陸上の進軍を空から護り、米国陸軍航空隊、中国空軍、米国・中国混成空軍と戦う拠点となった。漢口は鉄道と水運のふたつの経路があるので、大規模な進軍を支える補給基地としても重要であった。

日本は一八八五年に漢口に日本領事館を開設し一八九八年には日本租界を置き、日本の銀行や商社、学校、寺社などを設置して多くの日本人が住んだ。日本だけでなく、仏、独、露、英国等各国の租界が存在した。

そうした漢口には、檀が派遣された一九四四年当時も豊富な物資が流通し、殷賑を極めていたことが、他の報道班員の手記からもうかがえる。


檀は漢口の「揚子江ホテル」に滞在し配属命令を待っており、八月十六日に配属先が決まり、配属先の役山部隊に一度挨拶に出向くのは八月二十日、翌二十一日には色紙に別れの句を記し、すぐに入隊している。ここから檀は陸軍航空部隊（戦闘隊と記載）に入って起居を共にするのである。

報道班員は兵士でなく、拳銃以外の火器も携行してはならない。また日記を見ると、下士官以上との接触がほとんどに思えるのは「はじめに」で述べたように檀の待遇が「佐官待遇」だったからであろう。漢口の部隊でも戦場ながら一部屋を与えられている。

翌月には前線の白螺磯の陸軍飛行第二十五戦隊に行くことになるが、それまでをこの役山部隊で過ごすのである。

なお、陸軍の中でも空勤者の食事が比較的良いようで、木俣滋郎著『陸軍航空隊全史』によれば、陸軍でも海軍でもパイロットについては、疲労の蓄積による事故を防ぐため食糧は優先的に配食され、疲労回復のための甘味や、疲労回復のための漢方薬入りの酒なども支給されたという。ただし、現代の目から見ればどうだったか。

また、戦局の悪化に伴い、パイロットの数が減少したため出撃できる者の出動時間は極限を超えて増やされる過酷な状況になったといい、それがまた戦死を招く。（『大東亜戦争全史』第五巻　服部卓四郎　一九五六年　鱒書房）

檀は空襲のときの素早い退避や、戦闘機の機体についての説明を受けている。戦闘がないときの兵士の屈託ない静かな日常も綴られている。報道班員には語らない生死の重圧の合間の束の間の無聊ともいうべきものであって、何気ない会話で心の均衡を保ってもいたのかと想像する。空中の格闘戦を行う者たちの、地上での横顔は若いやわらかさがある。公的な戦記には記されない日常である。

※1「**朝日支局の入江氏**」　朝日新聞論説委員として活躍した入江徳郎氏か。入江徳郎氏は従軍記者として四回徴用されており、そのうち一九四三年の終わりから一九四四年の終わりにかけて一年余、大陸打通作戦の戦地で従軍し、漢口にもいた。（『現代日本記録全集

第22　戦火の中で』高木俊朗・編　一九六九年　筑摩書房）

※2「**隼**」　陸軍第五航空軍の通称（兵団文字符）。

※3「**岡澤秀虎情報局長**」　ロシア文学者・評論家の岡沢秀虎氏か。

※4「**僕は戦闘隊**」　隼司令部で、隼報道部の鳥越中尉から戦闘隊配属を命じられ、電話ですぐ来るように指示されている。

配属先の部隊は、時期と戦隊長名等を元に「陸軍飛行第九戦隊、通称名隼魁九一〇三部隊」と特定できる。日記の末尾余白には、鉛筆書きで薄くこの部隊名を書いた文字も見える。

※5「**白螺磯**」　ハクラキ／ハクラギ。洞庭湖東端北側にあった地名。前線基地。戦隊長は役山武久少佐である。

※6「**シエノート**」　米国陸軍航空隊将校、クレア・リー・シェンノート。中華民国軍の航空参謀長。中国名、陳納徳。

※7「**佐伯孝夫**」作詞家。

※8「**栗原信**」　洋画家。

※9「**やくやまぶたいせんとうしきしよ**」　平仮名の表札を書き留めているが、日本も中国も漢字を共通とするため、当時防諜のため指揮所名は平仮名で表記した。

※10「**役山部隊長**」　役山武久少佐。飛行第九戦隊の第六代戦隊長（第九聯隊時代通算）。南方戦線で戦った後帰国、明野（三重県伊勢市小俣町の明野陸軍飛行学校のこと、現在は陸

上自衛隊駐屯地）で教官をし、一九四四年七月八日に漢口の第九戦隊の戦隊長として着任した。第九戦隊は一九三五年に編成された伝統ある戦闘隊で数々の戦歴をあげつつ一九四四年には安慶、新郷、漢口、広東と移駐した。役山部隊長の活躍もめざましいものであったが、同年十二月二十七日に香港上空での戦闘の際、戦死した。優秀な指揮官で、戦隊操縦者の信頼を集め、その死は大変惜しまれて個人感状が贈られたという。

※11「**大毎**」　大阪毎日新聞。

※12「**伊藤碧水**」　十月に檀と作家・伊藤永之介が一緒に列車移動する場面で、同じ「伊藤碧水」が出てくる。伊藤永之介の記録に「三貴洋行の伊藤氏」と書かれており、交流のあった実業家と思われる。

※13「**加藤軍神**」　加藤建夫《たてお》少将。一九四一年、第六十四戦隊長となり「加藤隼戦闘隊」として戦った名指揮官。軍神と称されたが一九四二年、ビルマ戦線で戦死した。

※14「**新郷**」　漢口より北、黄河を越えた地点にある地名。鉄道と黄河が交わる地点で、航空隊の基地があった。

※15「**安慶**」　南京から揚子江を遡上して漢口に到る途中にある地名。

※16「**川北准尉**」　川北明准尉。飛行第九戦隊のパイロット。一九四四年六月から第九戦隊は新郷、鄭州に力を注いでいたため「今新郷に居て」という話である。同年十月、黄河鉄橋上の空戦で戦死した。

※17「**1．情報～近クニ居レ**」　敵機の情報がどのように入り、それに応じてどのような態

勢をとるかの例である。整備隊の北橋中尉から教わっている。

七　八月二十二日〜八月二十七日
第九戦隊の日々

8．22　曇時々雨

雨模様であるからレインコートをつけ、正午から飛行場に行く。

プロペラが廻つてゐる。

増野軍曹、田中軍曹が飛行帽をかぶつて出動態勢である。情報が入つたらしい。

気がつくと部隊長も飛行服、飛行帽である。服装が一変してゐるので見忘れてゐた。

然し敵は侵入を断念した様子で、間もなく装具を脱いだ。

添野大尉に案内されて裏の墓碑[※1]にぬかづく。四角な木杭に〔壮烈十勇士戦死の地〕と書かれてゐる。撰に廣瀬曹長以下十勇士の姓名、並びに戦死年月日と戦隊長の作られた歌であらうか、

撃ちてし止まん鉄血の
闘志は胸に満ち満ちて
必ず果すぞ復讐戦
勇士や静かに眠れかし
我らが団々団結は
やがて花咲き実を結ぶ

の歌がしるされてゐる。

[※2]ここにはもと坂川戦隊（今の白螺磯別府戦隊）がゐたので、今の部隊とは違つてゐる由。

墓碑の周囲は石で　（※以下余白）

ピストの畳敷きのところで拳銃の手入をやつてゐる。
田中、増野両軍曹と雑談。
〔試射をやりませうか〕
と田中軍曹がいふので見にゆく。ピストの裏手の叢に行く。
紙片を拾つて木の上はりつけるが風があつて駄目である。
丁度頭の大きさの木片があつたから　材木の穴にさしこんで田中軍曹試射。当らない。
〔射つて見ませんか〕
といふので拳銃を借りて放つ。相当の衝撃である。命中した。拳銃を田中軍曹にかへしてひきかへさうとすると又銃声、
〔おや、どうしたのかな〕
と田中軍曹がいふ。間違つて又一発撃つたのである。富田少尉が出て来て田中軍曹が一寸叱られる。
〔試射を三発もすることはないぢやないか〕と云はれている。

ピストに引かへすと増野軍曹が
〔飛行機の操縦の概略を説明しませう〕
といふ。
二式※3の操縦席に上る。計器の見方から始つて、脚の出入操縦桿の握り方、等々逐一説明してもらふ。
夕食後トラックに乗つて兵舎に帰る。
道中軍曹に案内されて、入浴。入浴後道中軍曹等の個室に野中准尉が紅茶を入れて雑談。
増野、田中の両軍曹が葡萄酒や饅頭を持参して来てくれる。
〔はじめて敵に会ふ時はどうですか〕
と訊く。
〔はあ、やつぱり固くなりますね。黄河※4の鉄橋守備で覇王城の上空で会つたのが始めてでした。P※5の四ん〇です〕
と田中軍曹。談笑の後別れて、眠る。

8．23曇後晴
五時半起床、真晴である。

叢の中に土と煉瓦のかけらで亀形につくられた竈がある。兵隊がその前につくねんと坐つて木切やアンペラ※6の屑を燃やしてゐる。爆撃でふきとんだブリキを丸めて作つた煙突がつけられてゐる。

洗面後その竈の兵士の脇に坐つてしばらく湯沸しの火を見る。

露の下りた雑草に夥だしい虫が啼いてゐる。何処から種子が飛んで来たのか、その雑草の中に一本だけひよろひよろと黍が延び上り、揺れつづける。

洗面所の水栓の水漏れの音が絶え間なく聞えてくる。

洗面所の柱から柱へ荒縄が渡され、宵越しの洗濯物が一つ亡霊のやうにかかつてゐる。兵児[※7]である。

その下水が流れこむあたりの叢の中に若い泥柳が自然に生えてゐる。五尺にも足りない、柳の赤ん坊である。

乾燥場の黒い縄が空の中にたるんで揺れる。一面に空は曇つてゐるが地平線の辺りだけ東北に少しく雲が裂けてゐて、弱い曙光が見える。

兵舎の中からカチヤカチヤと食器や飯盒を重ねる音が聞えてゐる。

竈の脇に大きいドラム缶が運ばれる。

〔何ですか〕

と僕。

〔飛行場へ持つてゆくお茶を入れるんですよ。百立（※１００Ｌ）入りますが天気の良い日は一本ぢや足りません。この頃は曇つてゐますからどうやら間に合ふやうですが〕

と兵隊が答へて、大鍋から飯盒で湯をすくひ、薬罐に入れて、その薬罐からドラム缶にうつしてゐる。

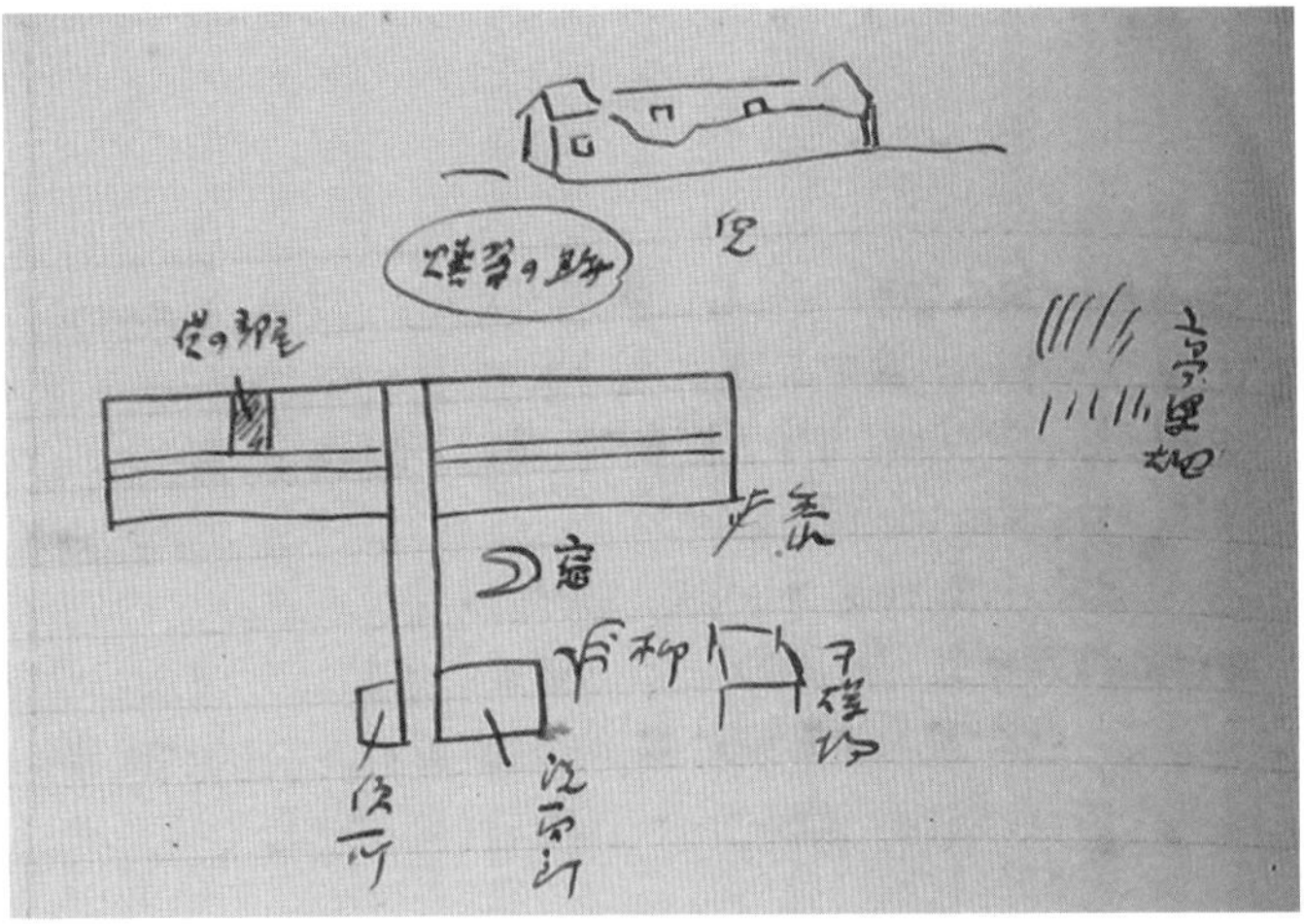

８月23日の日記から　兵舎見取図部分

少し明るくなつて来た。鴉の大群が移動してゐる。

（※　日記の欄外には、植物の穂草のイラストが描かれている。ページ上半分には自筆の兵舎見取図が描かれている）

水栓の水洩るる儘（秋暮るる）

昼食後トラックにてピストに行く。

西安[※8]を出た戦爆連合十数機が13時洛寧から東進して覇王城の方へ向ふ形勢だといふ情報だ。

新郷[※9]に此処の分遣隊があつて、黄河鉄橋の守護に任じてゐるから部隊長は気が気でない様子である。情報は〔新郷に向った〕〔覇王城に向つた〕とひつきりなしに続く。

〔つかまへたかな。あつちこつちに間誤間誤してつかまへそこなつたかも判らんな。飛ぶことは飛んだらうな〕

と部下を思ふのであらう。

やがて十機西進してゐるといふので敵機が帰路についたことがわかる。え《※邀》う撃については何の情報もない。

[※10]今日は二十二戦隊の八四が上海から三十機来るといふので皆な心待ちにしてゐる。

段々晴れてくる。

13時に上海を出たといふ情報で15時20分頃八機編隊が飛行場の上空に現れた。

〔来た来た〕

と皆ピストの前に出て空を仰ぐ。

直接此隊に関係はないが、友軍が一挙に増えるので何と云つても心強い。

白鷺の沢山降りてゐる飛行場に見事な着陸をはじめる。鷺が飛立つ。

整備の手伝ひをこの部隊も受持つてゐるので給油車等が右往左往する。

続々着陸して掩体に入れて給油する。

〔はりきつとるのー〕

〔これなら明治節に観兵式が出来るぞ〕

などと兵隊はこおどりしてゐる。

〔よう　○○軍曹が交通巡査になつとるぞ〕と爆風に草がなびいてその中央に作業衣の軍曹がしきりに手を挙げて交通整理をやつてゐる。

新来の操縦者達を囲んで内地の話を聞いてゐる。又先方はこちらの話をききたがる。

全機着陸が終つてピストに帰る。

昼の新郷の戦果が電話で伝へられた。
〔ほうやつたか〕
と部隊長が眼を細める。

1.　13・25　3キ　P40　約15キ
13・34　開封市内の爆撃後西方に飛去す

2.　11・52　敵戦爆連合西安出撃の情報に依り
12・45　6キを以て出動し（覇王城上空哨戒中）
13・25　3キ　P40　8キを中牟北方約10キロに於て発見し攻撃す。

3.　戦果
P40　2撃墜（不1）　撃破1
内部故障の為次期出撃可能　4

〔もう倍もこつちにあつたらな、全部墜せるんだが〕
と部隊長。
〔戦果は小さくても、こちらが無傷で相手を墜すのが一番いいさ〕
とうれしさうである。
夕食後兵舎に帰る。部屋で涼んでゐると兵舎の前に兎が一匹こちらを向いてゐる。丁度拳銃の試

射に原へ出てゐる赤間准尉に、
〔准尉殿兎ですよ、兎ですよ〕
と兵舎からどなる声がする。准尉は反対の方向をキヨロキヨロ探してゐる。
〔兎汁を喰ひそこなつたな〕
と准尉が戻つてくる。
道中軍曹らと入浴に行く。いなご焼きの話をしてゐる。あれで一杯やらうぢやないかなどといふ話
入浴の帰り道に新月が眉を引いたやうである。
[※11]〔ほら、月が出はじめた。もう少しふくれると夕涼みが始るぞ。夕涼みも蚊が喰うんでな。〕
と道中軍曹が笑ふ。敵爆撃の待避のことを云つてゐるのである。
今夜は本部の会食ださうで、歌声が洩れてくる。外出者に頼んでゐた菓子が来て、その中　大福がくさつてゐる由、月餅を道中軍曹の部屋で開く。ビールが一本葡萄酒が少少あるからといふのでよばれる。
会食が済んだのか　赤間、佐久間、野中の三准尉来て雑談。ノモンハンの話、爆撃の話等。
西側の高粱畑に入るのが一番だが、あの手前に鉄条網があるから鉄条網の上に取（※ママ）はづし自在の橋をかけたらいい等としばらく談笑。
早く就寝。

8．24　晴
七月の初から着換へのないズボンをはき通しだから汗にくたくたとなり、今日の快晴に洗濯しようと思つて作業袴の借用を竹内曹長に依頼する。

新品の純白な作業袴をかしてもらひ、石鹼をかしてもらふ。当番兵が洗つてくれるといふ。申訳なし。

窓から見てゐると雁の群が飛ぶ。

十一時頃道中軍曹が外出しませんかと云ふ。部隊長が増野田中の両軍曹を連れ今朝十時頃新郷へ飛んで終つた。もうこちらに操縦者はゐないから何も用事がない。

トラックが出るからといふから同行。

海陸ホテルの石黒[※12]、荻原、高見等皆不在　偕行社の諸君も同乗、報道部に行く。

高見、渡辺[※13]の諸氏は昨日の船にて出発の由、安田君も鉄道部隊について昨日岳州へ向つたとか、服部君は入院した　等。

高見、渡辺は中華航空が徴用されてゐるので船に変つたさうである。

石黒、佐伯[※14]、荻原諸氏と昼食に行く。焼めし、焼ソバ　饅頭　大変うまい。海陸ホテルにて昼寝をする。

吉村領事に依頼されてゐるとかといふ紙に
江上に烏鷺交はりて誰の秋
高見順の

喧騒の西瓜掠めし襤褸の子
の上に書ける也
荻原君と泥棒市を廻りて　東亜劇場の前で隊のトラックを待つ。

市中の熱滞耐えがたし。

軍医の加藤中尉マラリヤ予防薬を持参してくれる。

土産の菓子を開き、加藤中尉、佐々木准尉　　中尉、竹内曹長等と喰ふ。佐々木准尉は既に内地を離れて八年になるといふ。

話してゐると加藤中尉佐々木准尉らと浦口迄同じ汽車で来たことがわかつた。徐州[※15]の空襲警報で退避したときは開封の駅の爆撃で、副官（今の副官とちがふ）や大西中尉が負傷された由。大西中尉は背に鉄冑を負ひ　その鉄冑を通して破片が背に喰ひ入つたのださうである。鉄冑があつたので力が弱り、背が少しえぐれただけで助かつたといふ。珍しい話である。

兵隊が吹く尺八が聞えてゐる。

8．25
鳶の声がしきりである。雑草が随分黄ばんでゐることに気がついた。もう秋は争はれぬところである。

ふと南京偕行社の夜、蛙が濡気を帯びた声で合唱するのを夜どほし聞いたことを思ひ出した。合唱の隊長のやうなものがゐて、其声に誘導されながら、皆が声をそろへて歌ふのである。

例へば　隊長　クルクル　クルクル
　　　　　　　クルクル　クルクル
　　　　合唱　ガアガア　ガアガア
又鳴りをしづめて
　隊長　クルクル　クルクル
　合唱　ガアガア、ガアガアガア、ガアガアガアガアガア
と全く以て不思議な大合唱だつた。

目覚めて窓から見下ろすと一二丁離れたところに白い池があつたことを覚えてゐる。あれが真夏の峠であつた。

早いものである。一月も経たぬのに雑草の幹に弾力が失せ、実が黒く硬化して早くも離脱を待つてゐる。

首輪のついた鳥（鵲か）が二三羽やつて来てキジヤキジヤと啼いてゐる。白鷺が降りてゐる。

一昨日着いた84が快速で空を舞ふてゐる。

一人高粱畑の鉄条網の側に行く。爆弾に焼失した兵舎のほとりにカンナが咲き、枝豆（枝豆には非ず自生の黒豆か、紫紺の花をつけたり）が延びてゐる。

背丈[※16]二間近い高粱の畑の畔道を七つ八つの子供が一人走つてゆく。

この澄み徹つた初秋の、真昼の草々のざわめきの間を走つてゆく少女の白日の夢の中に一体何が棲んでゐるであらうか。何故とはなしに自分の生涯の象徴のやうな感動がせき上げてくる。

（※上部欄外に記載）

〔24日にて戦隊空中部隊の全部、地上部隊の主力　漢口に集結完了〕

部隊長が副官に打電を命じてゐる。

昼食後ピストに行く。

洛寧を出た敵機が開封・覇王城の方へ向つて東進してゐるといふ情報。

〔部隊長は邀撃に出られたでせうね〕

と云ふ。皆

〔さうでせう〕

と次の情報を待つてゐる。

22戦隊へ挨拶に行く。到着早々のこととてごつたがへしてゐる中に部隊長をたづねる。

部隊長は岩橋[※17]少佐。ノモンハンの勇士である。年の頃32、3才か、但し空中勤務者は自づと皆老成した風格を持つてゐるので正確のところはわからない。立派な部隊長だ。

〔古い話なら其儘小説になるやうな話が沢山あるんだがな〕

と云ひ云ひ腕時計の皮の修理に余念がない。

情報の金澤大尉、副官の松木中尉に挨拶をする。

[※18]軍司令官の初度巡視がある由にて早々に退散。やがて閣下到着の模様にてコチラのピストから見てゐると部隊整列、閣下が中央に進まれ、挙手の腕の上下が遠く見える。訓示であらう。

青草に陽炎が舞ひ上つて、愈々戦場に臨む将兵達の感慨が思はれる。

やがて全機舞ひ上る模様にてこちらのピストから飛行通報が行はれてプロペラが廻り始める。

閣下は参謀や副官を引具してこちらのピストに来られる。

23機次々と実事（※ママ）に離陸する。

飛立つ間際に脚を畳むのが丁度蝦か昆虫か足が畳むやうに見えて面白い。

ぐんぐん高度を上げて碧空の中に、肉眼では捕へにくい。参謀達は双眼鏡を手にしてゐる。

着陸終つて部隊長が初見を述べ、参謀の講評がある。閣下の短い訓示。自動車で帰られる。

〔俺達が来たときも初めはああやつたのう〕とピストの兵士達が初陣の頃を回顧してゐる。

やがて新郷の戦闘要報が入りピストの中は色めきたつ。

電話を受けてゐる　少尉が
〔え、未帰還一機、未帰還一機ですね〕

〔松原曹長、松原曹長ですね〕

と声が少し嗄れる。

新郷

戦闘要報

1. P40　4機　13.23覇王城に来襲せり
2. 12.52　洛寧爆音の報告により二式機七機を以て邀撃出動
13.23覇王城西方20粁に於てP40四機を発見　攻撃す

3.　戦果　P40　1機撃墜　2機撃破
損害　未帰還一機　（松原曹長）
被弾機一機　（安着）　乗員無事
4.　次期出動可能機数　4機
安[※19]慶から機体交換に来たと吉岡少尉がピストへ現れる。
〔やあ〕〔やあ〕と一同、全くなつかしさうである。
手紙を配つてゐる。
〔どうですか安慶は給[※20]養は〕
といふ声
〔おう此頃いいぞ　バーンとしたもんだ。ビールはもうなくなつたが酒などもう飲みあきて飲まんのぢや〕
〔へーい、本当ですか〕
はははと吉岡少尉が笑つてゐる。全くさつぱりとした勇士である。
〔おーい○○上等兵〕
と手紙を配りに裏の方へゆく。
〔吉岡少尉は此頃帰つて来たんですが、撃墜王ですよ。話をきいたらいいですよ〕
と森田少尉。少年飛行兵の五期ださうである。少尉候補24期小[※21]林大尉、河北、浅野准尉等と此隊の中核の由。
この六月から敵を屠ること一晩に五機
司令部からバナナとパイナップルが部隊長へとどけられる。
ははあ〔今日の司偵が持つて来たな〕
と吉岡少尉。新司偵の三型が三機南方から到着したのである。
〔部隊長はおられんし、喰べるか〕
と云ふ声。
〔安慶に持つて行け〕
と副官が一部、分けてゐる。早速開く。一本御馳走になる。
〔バナナといふ奴を喰ふのは何年目かな。支那で喰ふとは思はなかつた〕
〔少し渋いな。まあいいさ贅沢は云へん〕
〔もう二三日置けばうまくなる〕
車が来て吉岡少尉が兵舎に帰るので同乗する。部屋に加藤中尉、野中准尉、吉岡少尉等集り歓談。
みんな部隊長をほめちぎる。
〔早いとこ飛行機に乗らんと、戦隊長殿に取られて終ふからな、〕
[※22]〔人の飛行機でも何でもさーつと乗つて一番先に上られるから、ぼんやりしとるといつも指をくわへて下から見上げとらねばならんもんな〕
と吉岡少尉が笑ふ。

〔地獄のかまも休むといふ八月十五日にキジを撃つたものだから、十六日には五発敵の弾を喰ふし、十六日には滑油を頭からくらつて、戦闘が出来んしろくなことはない〕

と大笑ひである。

〔きのふ6機で舞ひ上つてP40を見つけて攻撃したが撃墜をたしかめなかつたから恥しくて地上部隊の者にかくしとるんだ。ところが南召の特監から　敵が[redacted]空に入つた儘　行衛がなくなつてしまつた　といふんで墜ちとるか不時着したらしいね。自慢にならんものね。六機で一機を墜したかどうかわからんなんて〕

吉〔ああ、中尉殿。此間の左の腕が又時々痛みますが〕

加〔少し休んで温泉にでも入るがいいんだがな〕

吉〔その暇はないですな〕

と笑ふ。

吉岡少尉の戦歴は

1. 6月2日　覇王城低空七機で哨戒中に敵機20機来襲
敵機20機を上四下三でサンドイッチにして撃墜6機。吉岡少尉は上から三回攻撃をかけて二機撃墜。この時少年飛行兵六期の　　が退院直後、まだ飛ぶなといふのに〔どうしても飛ばせてくれ〕といつて参加。一番上の方に上つてゐたから安心してゐたが、敵一機に突撃、敵は墜したが其後で自爆。

2. 6月25日

3.　古川軍曹と二機にて内郷に行きB29をみつけ　何しろ図体が大きいので至近距離で銃撃をかけた心算だつたところ一向ききめがない。更に肉迫銃撃を浴びせてようやく撃砕した。

搭乗員らしいのが機体の側に二人居てこれも戦死したやうに思ふ。

（これは後で爆撃隊が更に攻撃をかけ新聞には爆撃でしとめたやうになつてゐる。田代記者が部隊長にあやまつたときに部隊長が笑ひながら〔皆んなむくれてゐるぞ〕と云つた話）

会食の後吉岡少尉帰る。明朝七時頃飛んで行くから　と云つてゐる。再会を約す。

加藤中尉と二人種々雑談。[※23]岩田大尉や小林大尉の話が出る。

（岩田大尉は24才で実に出来た人物だつた。三十位に見えた。いつもいくらすすめても縛帯[※24]を付けない。俺は落下傘では降りん、自爆する　と云つてゐる。

安慶市中に爆弾が落ちて市民が安慶の航空隊はどうしてゐるかといふので、責任を感じ、或夜など敵機来襲の報に夜間一機舞上り

〔必ず体当りをして落して来る〕

と出かけた有様だ。其夜は敵機が来なかつたので皆ほつとしたが。

前後の日には不利の戦闘と知りつつ舞上り、遂に自爆。

僕は死体収容に行つたが、前後迄操縦桿をしつかりにぎつてゐて其儘腕と足が焼け落ちてゐる。

かかへ上げて納棺するとき十六貫八百の偉丈夫が軽々と上るので涙が落ちて仕方がなかつた）といふ話。

整備の北橋中尉も見え、尺八の巧い兵隊を呼んで〔一曲やつてくれ〕と云ふ。追分が誠に哀切である。北橋中尉も吹く。

月が明るくなつて来た。

〔そろそろ爆撃が西方から始るな〕

と云ふ。北橋中尉一人残り深更迄整備兵殊に少年航空兵を志願して整備に廻はされたものの教育と指導について真面目な詳かな話である。

〔少年飛行兵を志願して来るものは大方空にあこがれて来るんですね。空中勤務者になれるとあこがれて来るんですよ。ところが体格や色んなことから整備に廻る。御存知のやうに空中勤務者と地上勤務員といふのは給養がちがひます。

其上国民性といふか長年の国民の習慣といふか、空中の華々しい戦闘をのみ考へて地上の陰の仕事を忘れる傾向がありますね。

さういふ気風を敏感に感じて整備にあきたりなくなつてくるんですね。

また家庭もよく非常に優秀な者が戦局の重大性に奮起してすぐ戦闘に参加しようと士官学校などを待ちきれずに飛行兵を志願して来る。これらの若い魂がさき程申上げたやうな、何となくうつとうしい気分を持ちはじめる。何とか勉強させて更に延びる方向に向はせたいと　まあ少尉候補者の試験などを云つてはげますのですが、唯今は重大戦局ですからこれも一時停止されてゐます。然し何れ再び行はれる時期も来るんだし、士官学校に行ける道も開かれるにちがひないから、延び延びと大に勇猛心をふるつて戦つてもらひたいと毎日念じ、はげますのです。

彼もさういふ気持もわかつて又一生懸命やりだして来てゐるのですが、さういふ真剣な兵隊と一緒に働くのは実に楽しいですよ。
戦闘が始りだすと夜遅く朝早く　体もつかれるだらうと、何とかして慰めてやりたい気持になります」等々
尺八の音を聞きながら寝につく。

8．26
ピストに行かぬ。

「愈々月がふくれて来たから、今日辺りから爆撃に来るだらうと」個人防空壕掘りをやつてゐるので見る。一人三つづつの受持らしい。

夕刻　秋元兵長ノートを持参して話しに来た。鰺ヶ沢の人にて、津島[※25]文治を知つてゐるといふ。

太宰が文治さんの弟だと云つたら驚いてゐた。小説を沢山読んでゐる様子である。

夕刻から警戒警報空襲警報となる。

高粱畠の手前の防空壕の側に行き加藤中尉と雑談。

情報から「今の警報は友軍機の誤りだ」

と云つて来た。軽爆が六機帰つて来る。月の入りは十二時頃である。

8．27

洗面所の先の方に又個人防空壕を掘つてゐる。草苅りの土民親子に残飯と煙草を与へて掘らせてゐるのは一昨日尺八を吹いてくれた兵隊だ。茶を運んだりして接待につとめてゐる。親子は合間合間に飯をくひ、煙草を飲み、茶を啜りながら掘つてゐる。兵隊よりずつと遅い。
兵隊達の冗談が面白い。
〔おまへは早いのう〕
〔おまへ達が遅すぎるんや〕
実際他の兵隊が一つ掘る間に二つ掘つてゐる兵隊がゐる。体が大きく、汗まみれで精勤してゐるのである。
〔昔は墓掘りぢやねえか〕
掘終ると一斉に水辺の洗濯台の上に素つ裸で立つて、ザアザア水を浴びてゐる。
〔おい　おまへの壕に大勢お客さんが来とるぞ〕
ぞろぞろ見に行く。何処から入つたのか鼠が二匹、コホロギが沢山入つてゐる。どの壕ものぞいて見ると蛙や昆虫類が落ちこんで上れずにいる。
〔鼠と心中したら本望やろ〕
と笑つて、その儘みんな兵舎に帰る。コレラの予防接種を加藤中尉から受ける
敵機桂林出撃の情報が入り、副官、加藤中尉、大西中尉等と垣根を越えて高粱畑の中の防空壕の側に行く。もう兵隊が四五人来てゐる。
〔はええな〕

〔犬死には出来んです〕
もろこしの葉陰のなかで作業衣が三三五五雑談を交はしてゐる。
白螺磯　二套溝の方へ銃爆撃中の由。
〔先月は二十八日からでしたよ〕
と兵隊が云ふ。十二時頃解除になり、トラックで退避した者等は一時頃帰つて来た。

◎八月二十二日から二十七日、第九戦隊に配属後の六日間の記録である。

第九戦隊の皆が報道班員に親しみを持って接する様子が感じられる。無論、佐官待遇の報道班員への敬意や、できるだけよいところを書いてほしい気持ちや、流れるように来ては去る、出会いと別れ―戦死による別れも―の繰り返される戦地でしかわからない、一期一会の心情か。

隊員に案内されて前戦隊長時代の空戦で戦死した将兵の墓碑の参拝、飛行機操縦の概略レクチャー、拳銃の試射、戦果の話などが記されている。

八月二十三日には上海から友軍の第二十二戦隊が大挙してやってくるので隊員は浮き立っている。市中への外出もあり、二十五日には司令官の巡視もある。戦闘機の整備がいかに大切な仕事かという話などが綴られる。

二十五日の蛙の合唱、鵲《かささぎ》の声などは戦地の安らぎであり望郷である。檀が幼少期を過ごした柳川にも鵲がおり、首に白い輪のついた姿でキジャキジャと啼いていた。

次第に月齢が上がり、敵機による空襲の予兆がひたひたと迫っていることが文章の底に流れている。防空壕を掘る兵隊たち。冗談を言いながら掘っているが、生命を託す壕である。死がすぐそこにある日常である。

檀の赴任以前に漢口の戦闘隊に従軍した、毎日新聞社の益井康一氏著「大陸の白い星」(『大東亜戦史　第5　中国編』一九六九年　富士書苑)には、航続力などの機体性能や電波探知機などの情報収集に優れた米空軍の前に、日本の爆撃機の損傷が大きく、人的被害でも爆撃機には四人から七人の隊員が搭乗するので機数以上に大きな被害を免れることができず、一九四三年十一月頃から白昼の爆撃が中止されたことが記されている。昼間の爆撃隊出動がないということは、戦闘隊も爆撃隊を援護する任務は夜間になるということか。昼間の時間の記述を見ると、さまざまなことが思われる。

同氏によれば一九四三年当時一個戦隊の編成は二個中隊、そして一個中隊は十二機編成、よって一個戦隊は戦闘機二十四機、軽爆撃機二十四機により成るが、消耗率の高さから整備に追われがちで実働機数はそれよりはるかに下回ったという。

※1「**墓碑**」　一九四三年七月二十五日、米軍機が漢口飛行場を爆撃・地上掃射し、死傷者十数人という被害が出た。当時の漢口飛行場の第一飛行師団第二十五戦隊（坂川敏雄戦隊長）が追尾攻撃をかけた。翌七月二十六日、再び攻撃を受け、激しい空中戦となった。爆撃と機関砲の掃射により空中勤務者二名、地上整備員八名が即死し、負傷者多数という戦

いがあった。この「壮烈十勇士戦死の地」は、その慰霊の地である。墓標は白木で立てられたという。この日を境に、大陸の航空決戦は食うか食われるか、血みどろの死闘の段階に移ったという。（益井康一「大陸の白い星」同右）

※**2「ここにはもと坂川戦隊（今の白螺磯別府戦隊）がゐたので」**　漢口飛行場は、※1のように役山戦隊長率いる第九戦隊の前に坂川敏雄戦隊長率いる第二十五戦隊が配置され、巧みな空中戦で知られていた。

※**3「二式」**　中島二式戦闘機「鍾馗」キ44か。

※**4「黄河の鉄橋守備で覇王城の」**　漢口北方の、黄河と京漢線（鉄道）の交差する付近の鉄橋守備は、大陸打通作戦のひとつの要であった。

※**5「Pの四ん◯」**　米国陸軍戦闘機P—40。当時の写真を見ると、胴体先頭部分に鮫の口をかたどった塗装（シャークマウス）が施されている。

※**6「アンペラ」**　アジア原産のかやつり草科の多年草、またはこの茎を裂き網代に編んだむしろ、藺草で編んだむしろ。筕篖。日記には「アンペラ張りの壁」などが出てくる。

※**7「兵児」**　兵児帯。

※**8「西安を出た戦爆連合十数機が13時洛寧から東進して」**　西安＝長安。漢口の北西の陝西省にある地名。洛寧は西安の東、西安と開封を結ぶ線上にある地名。「戦爆連合」は、戦闘機の編隊と爆撃機の編隊が連合して攻撃する形のこと。相手機が迎撃に出れば戦闘機が戦い、その隙に爆撃隊が爆弾を落として地上にあるものを破壊する。この場合、在華米

空軍の戦爆連合が東進しているという情報。

※9「新郷に此処の分遣隊があつて」「新郷」は第六章の※14参照。黄河と京漢線の交わる鉄橋付近の空の守備は、第九戦隊の分遣隊が担っていた。

※10「今日は二十二戦隊の八四が」 飛行第二十二戦隊の使用する中島四式戦闘機・通称八四、愛称・疾風《はやて》（キ84）の意。八四は「大東亜決戦号」とも呼ばれ、終戦までに約三五〇〇機が造られたという。今日、その三十機が編隊を組んでやってくる意。

※11「ほら、月が出はじめた。もう少しふくれると夕涼みが始るぞ。」 月齢があがり、月の明るい夜は敵機来襲の夜である。雨や曇天の闇夜、月齢がまだ若ければ空襲はないが、満月に近づけば空襲を意味する。現代生活の中では気がつきにくいが「夕涼み」という語で敵機の空襲による待避をさしている。

※12「石黒、荻原、高見」 柔道家・随筆家・放送タレントの石黒敬七、漫画家の荻原賢次、作家・詩人の高見順。

※13「渡辺」 歌手・渡辺はま子。

※14「佐伯」 作詞家・佐伯孝夫

※15「徐州の空襲警報で〜負傷された由。」 第五章の※5参照。檀が漢口到着前、天津から南京への途中、徐州の地で空襲警報があり待避したのは、徐州の西の開封の駅の爆撃によるものだということ。「鉄冑を通して破片が背に喰ひ入つた」中尉が、鉄冑のおかげで助かったという話は、伊藤ノートには書かれていない。

※16「**背丈二間近い高粱の畑の～感動がせき上げてくる**」　背の高い高粱畑の畔道を七、八歳の少女がひとり走ってゆくのを見て「何とはなしに自分の生涯の象徴のやうな感動」に動かされている。

檀は幼くして両親の膝下を離れて父母両方の祖父母のもとで成長し、九歳から母不在となり父と妹たちを抱えた長男としての生活を送った。一人山野を踏破することで自身を鍛え、絶対の孤独を感じていたという。高粱畑のただ中をひとり走る少女の光景は、自分の孤独の姿を見るようだったのだろう。

※17「**岩橋少佐**」　陸軍飛行第二十二戦隊長の岩橋譲三少佐。一九三九年五月、中国東北部・モンゴル国境付近のノモンハン戦で「撃墜王」と称された。その後帰国、明野の教官を経てテスト・パイロットを務めた。一九四四年、戦局の急迫により第二十二戦隊の初代戦隊長に任命され、同年八月中国中部の戦線に派遣された。同年九月、西安にて戦死した。

※18「**軍司令官**」　下山琢磨第五航空軍司令官。一九四四年二月に第五航空軍司令官に就任し、終戦を京城で迎えた。

※19「**安慶から機体交換に来たと吉岡少尉がピストへ現れる。**」　安慶は漢口の東、南京南西の基地。「吉岡少尉」は吉岡由太郎少尉。一九四四年三月航空士官学校を卒業、同年四月から安慶の飛行第九戦隊第一中隊に赴任した。日記に書かれているように六月二日に二機撃墜、六月二十五日にも二機撃墜するなど、陸軍戦闘隊のエースと呼ばれた。十二月二十七日の迎撃戦では戦隊長以下パイロットを失い、戦隊をまとめる立場となった。戦後は陸

上自衛隊に勤務した。
※20「**給養**」　軍隊などで出される食事、物資の支給。
※21「**小林大尉**」　小林功大尉。一九四四年三月から一九四五年一月まで第九戦隊第三中隊長ならびに一九四四年十一月からは飛行隊長。一九四五年一月戦死した。
※22「**人の飛行機でも何でもさーつと乗つて**」　各パイロットはそれぞれ搭乗する機が決まっており、機体には部隊、階級などを示す標識が塗装された。状況に応じていち早く自機以外の機体にも乗り込み出撃する意。
※23「**岩田大尉**」　岩田道雄大尉。一九四三年九月から翌年六月まで第九戦隊第一中隊長として安慶にいた。檀とはすれ違いで会っていない。六月十一日、安慶での迎撃戦で戦死し、その際の様子が語られている。
九月二日の檀の日記には、この岩田大尉の伝記を書いてみたいと、第二十五戦隊の別府戦隊長に語る言葉が見える。
※24「**縛帯**」　ばくたい。パラシュート・ベルト。飛行服の上から身に着ける。
※25「**津島文治**」　小説家・太宰治の兄で、金木銀行頭取、衆議院議員、参議院議員、青森県知事を歴任した実業家。『リツ子・その愛』では、土屋大尉が太宰治を読む人として出てくるが、実際そうであったか、或は小説を沢山読んでいるというこの秋元兵長のエピソードから造形した人物像か。

八　八月二十八日～八月二十九日　漢口から白螺磯へ

8・28　快晴　八日月
初年兵が40名ばかり到着した。森の兵舎に行く由。

〔今日は歓迎空襲があるぞ〕

とおどかされてゐる。

昼からピストに行く。空中勤務者が二十名ばかり帰隊した。

調べて見ると月齢八日である。満月は来月三日。

〔今日辺りから連日空襲がはじまりますよ〕と皆云ふ。

桂林[※1]出撃の情報あり。情報から推算すると、二十二時半頃　敵機到着の予定。

九時半頃、加藤中尉、大西中尉等と鉄索を乗越え例の高粱畑の中の防空壕のほとりに行く。

〔ここは飛行場への通路だからかへつてあぶないぞ〕

などと兵隊が云つてゐる。

丈余の高粱がざわざわ揺れ、雲一つない美しい月だ。

空襲警報が発せられる。

〔武昌特監30粁（※キロメートル）　東進中〕

と兵舎から情報兵がどなつてゐる。
〔あぶねえ、あぶねえ。東進中は気にくわねえ〕
などといふ声。空襲警報のサイレンが鳴る。
重戦[※2]が一二機舞つてゐる。西南からブルンブルンといふ腹に手ごたへのある爆音がきこえて来る。
〔来たぞ　退避〕
と赤間准尉の声である。大西中尉から、今日もらつた鉄冑を冠つて緒をしめる。大西中尉と同じ壕に飛込む。
照空灯が交錯した。敵機が大写しに一寸捉えられる。機体の辺りに火花が出た。
ヅシン、ヅシン、ヅシン、ヅシンと四つ地響が鳴る。
眼をつぶる。真上に来たやうな錯覚がする。
やがて爆音が去り敵機が消える。
〔だらしがねえ盲爆だ〕
〔飛行場の向ふの方に落ちたな。四発だ〕
といふ赤間准尉の声。みんな壕から出て空を仰いでゐる。
〔高射砲を射ちましたか〕
と僕
〔照空灯がつかまへそこなつたから高射砲は撃つてゐない〕
〔何ですか　B25[※3]ですか〕

〔B25でせうな〕
と云つてゐる。
又情報兵が大きい声で
〔漢口市中旋回中〕
と云ふ。鮮かな照空灯の交錯の中に敵機が浮出しになる。東南方の空の一角だ。
今度は遠いので皆壕の上で見てゐる。
高射砲が唸りはじめた。火花が機体の前後左右に炸裂してゐる。曳光弾の弾道が見える。
重戦が迫つてゐる。機関銃の音がきこえる。敵機の前後はそのまま花火のやうだ。
〔危いぞ、高射砲やめろ。友軍機に高射砲が中《※あた》るがな。〕
と赤間准尉の声。
敵機は東南から北方へ逃げて行く。相変らず重戦の爆音が中天に残つてゐる。
高粱が黒く、月光が葉々をそよがせてゐる。一匹の蛍が白■■光で真上を通り抜けた。夥しい流星である。
〔来た、来た〕
といふ声。今度は真南から例のブルンブルンといふ手ごたへのある轟音がきこへて来る。
壕に入る。
照空灯が三四方から交錯して高射砲弾がサク列してゐる。ヒューン、ヒューンといふ唸り声に混つて砲弾の破裂音が集中する。

真上だ。と壕の土にペツタリ面をつける。
敵機は西方に廻つて遁走。
情報がきこえる。
〔石鹼工場周辺に三十発落下〕、
第2回目の来襲機であらう。
其他の爆弾はどうやら畑の中のやうだ。
壕を出て毛布を敷き横になる。月が大部傾いた。
〔もう来んだらう〕
〔さうだな〕
〔やつぱり丁度一月目にはじまつたな〕
〔月にいかの墨のやうなものをかける爆弾があるといいな〕
〔馬鹿を云へ、それではこつちが向ふを空襲出来んぢやないか〕
笑声。
〔爆弾吸収磁石があるといいな〕
〔貴様が磁石になつたらよからう〕
等々とにぎやかである。
〔どれどれもう済んだやうだ。蔣介石さんお休みなさい〕
〔馬鹿。ルーズベルトだよ〕といふ声。

〔さうかルーちやん、お休み〕五六人の兵隊が引上げる。重戦はまだ舞つてゐる。
〔ご苦労だよ空戦は、もう三四時間にもなるだらう〕
と大西中尉（主計）
〔かせぎやがつたな〕
と空中勤務の〇〇軍曹が云つてゐる。
〔滞空時間をな〕
といふので大笑ひである。
〔色々見方があるな〕
と軍医殿。
又情報が入る
〔西北低空侵入中〕
〔いけねえ〕
と帰り遅れた兵士が一人戻つて来る。どうも爆音が敵機とはちがつてゐる。機はパツト翼灯をもつける。
〔いまの情報は誤り、西北侵入低空の機影は友軍機〕
と情報訂正の声。
ぞろぞろ引上げる。
畔道で空襲解除の警報が鳴つた。兵舎に帰つて月光の中に水を浴びる。

兵隊はもう皆寝て終つた。
丁度、月の光で我身を洗ひ清めるやうである。
水を浴びながら、ふと太郎の誕生日が明日だと気がついて嬉しさがこみ上げてくる。
　水浴びる父が見えるか（太郎さん）（月の中）
〔おまへの夢の中に　月光と水を浴びてゐる父の元気な姿が見えるかね。〕
毛布に入つてしばらくうたたねするうち、ヅシンと地響が鳴つた。
〔おい何だ〕
と個室の中から不寝番を呼ぶ声が聞えてゐる。
〔はい。時限爆弾のやうであります〕と廊下から兵隊の声。
〔さうか〕
その儘全く静かになつた。虫の声ばかりである。

8．29
今日は我子の誕生日だと、横流れの暁雲の中で昨年の誕生の朝の一時を回想する。
朝　洗濯。シャツのボタンつけ。
十一時の頃　B29数十機内地へ向つたといふ情報入る。
〔戦時下の結構な誕生のお祝ひだ。怖れないがいい。しつかり空を見上げなさい。〕
と遠い子供に呼かけてやりたい気がする。

快晴で風がよく通る。北橋中尉が昼　尺八を吹きに来た。馬子唄をおぼえたからといふのである。
〔箱根八里は馬でも越すが〕
と僕又尺八につけて低吟する。甚だ愉快である。
竹内曹長が湯呑みに葡萄酒を持参して来てくれる。何となく目出度い。
兵隊が二人南の叢の中で虫を探してゐる。
〔おい何だ〕
と竹内曹長が窓から聞く。
〔はい。ええーと〕
と虫の名が思ひ出せず、もう一人の兵隊に応援を求めてゐる。
〔ずいだ。ずいだ〕
と相手の兵隊が教へる。それがどうも自分で納得出来ぬやうで答へ兼ねてゐる。
〔おい何だ。何をとつてゐるんだ〕
と竹内曹長。
〔はい。えーえと〕
〔ずいだよ〕
と隣りの兵士。
思ひ切つたのか
〔はい　ずいであります〕

どうもハタ織ばつたのことを云つてゐるらしい。
〔ずいか。よし。明日の朝　沢山いなごを取つて焼いて喰へ。余つたやつを俺のところへ少し持つて来い。わかつたか。〕
と竹内曹長。
〔はい。いなごを取つて、焼いて持つて来ます〕
大声で答へる愉快な真昼のひと時であつた。
十七時
軍司令部から手紙が回送される。律子からの便りだ。太郎元気の由細々とある。
誕生日に手紙が来るのは目出度い。何となく不思議だ。
留守中召集になつてゐる様子。どうなつてゐるのか気掛りである。
十八時に、
〔報道班員殿。司令部から電話であります〕といふ。
白螺磯[※4]行かな、と電話口にでる。
〔今日十八時二十分頃　飛行機があるから　軍のピストへ来てくれ〕
といふことである。もう二十分しかない。
〔赤間准尉殿、今から白螺磯行です〕
といふ。
〔すぐですか〕

〔はあ。十八時二十分頃です〕
〔さう、自動車を出しませう〕
と誠に有難い。
散乱してゐる荷物類を手早く片づける。図嚢一つと風呂敷包だ。今朝洗つてをいた、シャツ類がパンパンに乾いてゐる。鉄冑や作業衣、地下足袋などを返納する。
昨日下給品を五十銭たてかへてもらつてゐた幹部候補生を探す。名前を知らないのだ。
〔伍長ですか、兵長ですか。二人居るんですよ〕
とワイシャツを洗つて持参してくれた当番兵が云つてくれるが、階級を思ひ出せない。
五円しか無いので
〔これを上げて下さい。釣はあとから頂きますから〕
と頼むが受取つてくれぬ。
〔今日外出してますから又来られた時でいいですよ〕
〔いや、死ぬかも知れません〕
そんな気もするので、渡してもらはうと頼むが受取らぬ。
〔大丈夫ですよ〕
愚図々々出来ないから
〔ぢや〕
と出発する。

〔乗用車がないから、始動車で行つて下さい〕
と赤間准尉。尚更有難い。
〔急でどなたにも挨拶出来ず申訳ありません、戦隊長殿はじめ皆様によろしく〕
とくれぐれ頼む。
始動車に飛乗る。飛行場を迂回して軍のピストに行く。
〔報道部の檀と申しますが隼司令部から連絡あつて今日の飛行機にのせていただけるといふので来ました〕
〔何時のですか〕
〔十八時二十分頃といふことでしたが〕
〔いや満員ですよ。第一そんな連絡は貰つてゐません〕
といふことである。困つてゐると、
〔あなた檀さんですか。私河田です〕
と丁寧に云つてくれる人がある。
〔前にお目にかかりました〕
と云つてくれるが、私の記憶は薄れてゐる。報道部の河田氏の由、名刺をもらふ。親切に飛行班長に頼んでくれて、[※5]重爆に乗せてもらふことになつた。河田氏は南京からの帰りださうである。
〔上海で手に入れました。あつちで読んで下さい〕
と文藝春秋をかしてもらふ。尾崎一雄の小説があるので借用する。電話を借りて隼報道班に連絡する。

宮内少尉は不在の様子で、別府隊の中野少尉に連絡せよといふことである。河田氏の車が来た。

〔では気をつけて行つて下さい〕

と河田氏。

召集のことを一寸頼んで別れる。

〔報道部の方々によろしく〕

と僕。

暮※6れかかる。十九時何分であらうか、重爆のプロペラが廻りはじめるので胴体に乗る。

〔こちらに来て下さい。一人坐れますから〕と操縦席から寄ばれて操縦席の後ろのク※7ッションに腰を下ろす。

場内の草が白く撥かれて、やがて滑走、大地を蹴る。

夕暮の武※8漢三鎮を俯瞰して、形容しがたい壮観だ。

黄鶴楼はどの辺りかと雄大に弯曲してゐる揚子江べりを探す。西空の雲が皆あかね色に色づいて朱雲の中に浮上がる。誠に李白の千年の夢想を其儘実現して、仙界に入つたかと心がしーんとしびれるやうに鎮まつてくる。

合掌したい程である。

今日一日が有難い。太郎の誕生日に天空を駆つて第一線に向ふかと、このよろこびを成人の暁に子供にくとと(※とく)知らせてやりたいのである。

もやもやと紫の靄が揚子江と湖沼と大地の上に立こめてくる。爆音が爽快に耳に鳴つてゐる。

時々副操縦士に前から紙片が廻つてくる。

〔敵情変化なし〕

操縦士が見てうなづく。

その紙片を私にも見せてくれる。それからゆつくり破つて棄てる。九日の月がぼんやりと照つて、太陽の余光と丁度半してゐるやうだ。操縦士は石像のやうな表情で前方を見すえてゐるが、時々左の空や右の空、後方などをぢつとすかし見てゐる。

僕がその都度、操縦者のみつめてゐる空の中を覗き見るのである。半透明の乳白色の暮れの空だ。

機上に人となると、飛行機の速度が実に遅く感じられる。地上を鈍く匍つてゐるやうな感じだ。

右手に大きい湖沼が見えてくる。

〔洞庭湖ですか〕

と副操縦者に訊く。聞きとれぬやうである。

〔洞庭湖ですか〕

と大声で副操の飛行帽の耳の辺りをめくりながらどなる。

〔いや、ちがひます、洪湖です〕

と飛行地図を出して指し示してくれる。肯づきながら、洞庭湖が見えるかしらと気になるのである。

どうやら、飛行場のやうである。江岸にうすぼんやりと滑走路が見えて来る。機首をぐつと下げてつつ込むやうにする。翼灯が点いたり消えたりする。
急角度に旋回する。パッと赤青白のスペリオが滑走路を浮出しにした。機首をぐんぐん下げて
ヅシンと軽い衝撃。まま地上に滑りこむ。
ガラスの蔽を開けて副操が立つて　滑走路を誘導する。止る。
〔敵の爆撃機が来たから、早く降りて飛行機を掩体に入れて下さい〕
といふ声。
飛び降りて風呂敷包を握つて、別府戦隊[※9]のピストを聞く。滑走路を横切つて向ふだといふ。暗い
飛行場を急ぐ。後ろから来た軍偵が無事に着陸出来るだらうかと気になる。未だブルンブルンと
舞つてゐる。
滑走路に四五人の兵士がゐる。
〔別府戦隊のピストはどちらでせうか〕
と聞く。
〔ほらあそこへ天幕が見えるでせう、あの向ふです。走らぬと爆撃を喰ひますよ〕
といふ。急ぐ。
天幕の左の壕の辺りに大勢兵隊がゐる。
〔ここは別府戦隊ですか〕
〔さうです〕
〔ピストは何処ですか〕

〔あそこです〕
と指さす。二三歩歩きはじめると、
〔爆音〕
と兵士が大きく云ふ。あはてて天蓋のある壕に入る。真暗である。兵隊達の汗ばんだ臭ひがむれて、何か頼もしい安堵を味はふ。〔ヅシン、ヅシン、ヅシン〕と地柱を揺がす音がする。
〔軸線がはづれてゐる、大丈夫だ〕
と兵隊は外に出る。敵機は旋回したやうである。
〔爆音〕
と又云ふ。壕の中に坐る。
〔ピストに部隊長は居られますか〕
〔いや帰られました〕といふ
〔副官は〕
〔ゐません〕と答へる
〔中野少尉殿は〕
〔帰られました〕
といふ答へで心細いこと限りない。敵機が退散した様子で外に出る。まだ軍偵が舞つてゐる。どうして着陸する心算かと気が気でない。
ピストに行く。ピストの前に兵隊が整列して中央が整備隊長のやうである。月明りの中に挨拶する。
〔そんな連絡はないぞ〕
といふ隊長の声。
隊長は兵隊の人員点呼をやつてゐる。
トラツクに兵隊が搭乗する。退避するか、帰るのだらう。改めて、部隊に附けて頂くやう願ふ。
〔よくわからんが、それぢやトラツクに乗れ〕
と云はれる。トラツクの兵士の間に引上げられる。〔発車〕とトラツクにエンジンがかかる。
〔おい、その男を空勤の宿舎にとめてやれ。早く出せ〕
と隊長が月光の中の向ふからどなつてゐる。トラツクが叢の間の道を疾走する。
〔爆音〕
と兵隊がいふ。ブルンブルンと真上に敵機の爆音がきこえてゐる。機首を下げたやうで、ヅシン、ヅシンと右手の叢の中に轟音がとどろいて、火花が上る。
〔やつたな〕
と兵隊が云ふ。車は快速で走る。
〔危いからしつかり前につかまりなさい〕
と兵隊が云ふ。二人前の兵士の帯革をしつかり掴る。
敵機が今度は左の方に旋回したやうで、機首を下げる例のヒユーンといふ不気味な音が聞えてくる。高射砲が火を噴きはじめた。空中にサク裂するのが鮮に浮き出る。丁度月の反対側だ。忽ち地上に火柱が上る。火の粉が舞ひ飛んで、そこらがまばゆい程の明るさで焼けてゐる。
と兵隊が云ふ。又ヅシン、ヅシン、と続け様に地鳴りがして、その光りに青草が青白く浮きでる。
〔畜生。焼夷弾だな〕
車は街道をまつしぐらに走りつづける。
右手に丘が見えてくる。
〔おいストップ、此処でおりるんですよ。すぐ其処です。判ります〕
と兵隊が云つてくれる。素早く飛下りる。
トラックは其儘快速で行つて終ふ。
小さい部落があるやうだ。
兵隊が一人立つてゐる。
〔別府隊の空勤の宿舎は何処ですか〕
〔さあこの辺りにありませうがわかりません、そこの将校に聞いて見なさい〕
と指さす。
引返すと叢の月光の蔭に四五人の兵士が見える。尋ねるがやつぱり知らない。
〔空襲がすむ迄此処で待つて、自分らの処にゐらつしやい。明日連絡したらいいでせう。この辺りは一人歩きは出来ませんから。〕
と親切に云つてくれる。
〔少し遠いですがね〕

といふ。有難い。探すよりもこの兵隊さん達の処にとめてもらはうと決心する。又ブルンブルンと敵機のやうである。高射砲が唸つてゐる。中空に火花が交錯して、又ヅシンヅシンと爆音が轟く。くぼみの中にべつたり伏す。

〔やりやがるな、畜生〕

と兵隊達は叢の中に相変らず立つてゐる。

〔軸線が外れてゐるから大丈夫ですよ〕

と兵隊の声に心強いこと限りない。

敵機は月空の中を旋回して再び銃撃をつづけてゐる。

〔莫迦だな。沼の上を射つてるよ。蓮が茂つてゐてわからんのかな〕

と兵隊の笑声。

〔ほら敵機が見えますよ〕

と月の方を指さす。

月の中に逆光を受けた黒い機影が掠める。低空である。

〔畜生〕

と僕も自づと拳をにぎる。

どうやら敵機が去つたやうで一息つく。

〔夜の空襲は派手に見えますが、明日の朝見て御覧なさい。何処に落ちたかわからんくらゐですよ。死傷者もきつとないですよ。兵隊は逃げ方がうまいからな〕

と云つてゐる。そんなものかと思ふが、まだ心の底からは信じられない。
〔ああ、あそこに兵隊がゐるやうですね。あの兵隊達に聞いたらわかるかも知れませんよ〕
なる程向ふの方に笑声が聞える。
もし分らなかつたら引返すことにして礼を云つて歩く。
すぐ分つた。白い土蔵の建物らしい。月明を歩いて二三丁、土蔵の前に五六人の兵士達が腰を下ろして煙草を吸つてゐる。事情を話す。
〔自分が中野です。御苦労さん〕
とタオルの寝巻を着た将校が答へるので、たどりついたと嬉しいこと限りない。
〔連絡ありましたか〕
〔いや、ないけど、戦地は着いた時が連絡ですよ〕
と笑いながらパタパタと団扇で蚊を追つてゐる。
〔おい当番、2階にもう一人　床の用意をせい〕
〔はい〕
と当番が風呂敷包をとつてくれる。一服する。漢口出発以来はじめての煙草だ。うまい。月を仰いで心を鎮める。
〔内地はどうかな。しつかりやつてゐますか〕
と皆が聞く。
〔大丈夫です〕

と明るい月空の中に内地の町や村の姿を描いてみる。

又敵機である。横長い壕に入りながら内地の話をする。ヅシンヅシンと相変らずの地響だ。

〔風呂に入りませんか〕

といふので兵舎の横の風呂に入る。明りはないが。大きい屋外風呂だ。片方全部開けつぱなしだが露天ではない。ブリキの屋根がついてゐる。

敵機の爆音がつづいてゐる。

爆風がブルツブルツと小屋をゆるがす。

一時頃二階の蚊帳に入る。月明りと虫の声である。

疲れてゐるが仲々眠りつけぬ。

中野少尉の団扇を使ふ音がいつ迄も続いてゐる。風が出た。

◎八月二十八日と二十九日の記録である。
八月二十八日にはいよいよ月齢が大きくなり米軍機が飛来、空襲が始まった。

そんな中、長男・太郎の誕生日が翌日であることを思い、遠くの我が子への言葉を記した翌日、誕生日当日に妻からの便りが届き、嬉しく読む。

だが夕方直ちに次の前線基地へ行くよう命が下され、二十分後の飛行機に乗るべく出発する。戦場の連絡なので錯綜して、ようやく爆撃機に乗せてもらい移動の最中、洞庭湖に近い洪湖一帯を俯瞰する描写は出色である。

だが爆撃機は追尾されていて、白螺磯の基地に着いた途端激しい爆撃に遭い、命からがら部隊をようやく探しあてる、緊迫した様子が綴られる。

「私は生涯にはじめて身近な爆撃を受けて、喉はカラカラに乾き、生きた心地はなかったが」とエッセイ「敗戦の唄」に記しているのがこの爆撃であろう。夕空を飛行して心おどる思いの先程と打って変わり、いきなり現実の戦闘に放り込まれる。前線基地である。

その中で兵士たちの幼いような若いやりとりを記したり、長男・太郎が明日誕生日を迎えることを嬉しく記しているのも印象的である。

※1「**桂林出撃**」　アメリカの空軍基地が桂林奥地にあり、そこから出撃してくる意。
※2「**重戦**」　重戦闘機。速度や航続距離の増大のため大型化した戦闘機。
※3「**B25**」　アメリカ軍の双発軽爆撃機、ノース・アメリカンB―25愛称ミッチェル。
※4「**白螺磯**」　白螺磯は漢口から西南へ約百四十キロ。広大な洞庭湖の北岸、岳州の対岸に位置する地名。日本の航空作戦の要衝である。第六章の※5参照。八月十六日の日記にすでに、「**漢口の戦闘隊にしばらくゐて、白螺磯にやつてもらふ由**」と書いており、かねて申し出ていたものだろう。

渡辺はま子からも、あそこは兵舎が爆撃されたそうだから気をつけてと言われた場所である。この基地での生活から、日記は緊迫感を増していく。

※5「重爆」 重爆撃機。
※6「暮れかかる。〜滑走路を誘導する。止る。」 憧れの瀟湘八景の地に近づき、一帯の夕景を爆撃機から望むということになった。戦時下の修羅場でありながら、檀の詩心は高揚し感動のひとつの頂点をなしている。このシーンは小説「照る陽の庭」にそっくり生かされているので、少し長いが引用する。

＊＊＊＊＊＊

十九時何分ぐらいだろう。重爆のプロペラが廻りはじめるので胴体の扉をあけて乗りこんだ。なるほど胴体の中は弾丸の山である。操縦席の後のクッションが一つあいていて、私はそこに坐りこんだ。花立は後部の胴体の弾丸の上にころがりながら寝そべっている。ちょっと熱があるそうだ。

場内の草が白くはじかれ、やがて滑走、大地を蹴る。S江が雄大に彎曲して、その果が朱雲の天際に没している。有難い。心がしーんと鎮まる程である。もやもやと紫の靄が、S江と湖沼と大地の上に立こめてくる。

時々前の部屋から、紙片が副操縦士に廻される。〔敵機変化なし〕操縦士がそれを見てうなずいている。その紙片を私にも見せてくれるのである。それからゆっくりと破り棄てている。

太陽の余光が層状の靄の皮膜の上にほんのりとうす明っている。飛行機の速度が実に遅く感じられる。地上を鈍く匍っている感じである。右手に巨大な沼沢が見えてきた。

「洞庭湖ですか？」

副操縦士に訊いてみる。聞きとれぬふうである。

「洞庭湖ですか?」

飛行帽の耳の辺りをめくりながらどなってみる。

「いや、ちがいます。H湖でーす」と飛行地図を出して指し示してくれた。

どうやら飛行場のようである。江岸にうすぼんやりと滑走路が見えてくる。翼灯が点いたり消えたりする。急角度に旋回した。パッと赤青白のスピリオが滑走路を浮き出しにした。機首をぐんぐん下げて、ズシンと軽い衝撃が感じられる。そのまま地上に滑りこんだ。ガラスの蔽を開け、副操縦士が立ち上って、滑走路を誘導する。止る。

＊＊＊＊＊＊

※7「クッション」　戦闘機パイロットは尻の下にぶら下げる形でクッション兼用のパラシュートを着用したが、通常は外して座席の上に置いておき機外では着用しない(『日本軍用機事典　1910~1945陸軍篇　新装版』)。こうしたパラシュート兼用のクッションのことか。
※8「武漢三鎮」　武昌、漢口、漢陽の三都市。
※9「別府戦隊」　ここでようやく、行先の部隊がわかる。戦隊長名が「別府」の戦闘隊だ。陸軍飛行第二十五戦隊である。次章で述べる。

九　八月三十日～九月一日
白螺磯（陸軍飛行第二十五戦隊）

8．30　晴

朝六時にトラックに乗る。昨夜の道をたどるのだが何の変りもない。爆撃とはこんなものかと昨夜の兵士の言葉を納得するのである。ピストに着くとピストの前の十米位のところの小屋が吹きとんでゐる。空勤の納涼小屋ださうである。アンペラ張りの涼み小屋である。五〇《（※ママ）》キにださうだ。

この辺り四五発落ちたが負傷者皆無の由。

三米も離れないタコ壺の中に兵隊が一人居た由。（霧島一ト兵）

どうしたかと思つてゐたら

〔頭から砂ぼこりを浴びてここから出て来たがかすり傷一つ負ふてないからな〕

と一人の将校。

〔耳は大丈夫か〕

〔何ともない、押へてゐたさうだ。それより面白いのは〇〇上等兵さ。爆風に吹飛ばされて一二間飛んだんだが、頭を撫つてみる。手をさわつてみる。足をさはつてみる。何ともなくて歩きはじめた〕

と身振り手真似で説明する。

〔よかつたな〕
と皆愉快に笑ふ。
〔滑走路はどうだ〕
と中野少尉が見張の櫓にかけ上る。僕もつづく。中野少尉は砲隊鏡をのぞいてゐる。
〔大丈夫だ〕
清々しい朝の飛行場だ。間もなく、友軍機の編隊が続々着陸してやがて別府[※1]戦隊長が見える。挨拶に出る。
三十才前後であらう。長身。陽やけして逞しい顔だ。素朴だが豊かで高貴である。
〔さうですか、御苦労様です〕
と云つたきりである。
空勤者、土屋[※2]大尉以下の人人に挨拶する。
土屋大尉は二十四五才であらう。偉丈夫である。快活。未だ無垢の童心で潑剌としてゐる。
空勤者2名が飛行服で敬礼する
〔二名、哨戒に上ります〕
よしと形を正して答礼してゐる。
土屋〔おい昨夜の寿司はあるか〕
〔はいあります〕
〔ほら、あるだらう、持つて来てくれ〕

〔爆風で砂をかぶつてをりますが〕
〔かぶつてゐない下側の方はあるか。〕
〔あります〕
〔ほら、あるだらう〕
此隊の流行語でもあるのか、その〔あるだらう〕のところを殊更強めて剽軽に云ふ
〔はい〕
と当番
戦隊長以下、冗談混りに寿司を喰べる。
情報が絶えず入つて無電機の鍵を押す音と一緒に片時の静寂もない。昨日はユックリとP40の24機編隊が来て別府隊が四機撃墜2機撃破、一機未帰還ださうである。
岩橋隊が2機撃墜四キ撃破とか。
全機衡陽迄哨戒に出る。※3
土屋大尉の声で戦隊長と一斉整列、敬礼
〔衡陽上空の哨戒に任じます〕
全小隊又敬礼して散つてゆく。
プロペラが廻つてゐる。忽ち砂を蹴つて一機二機三機四機と舞上る。
十三時半頃全機悠々と帰つて来る。
土屋大尉が

〔全機異常なし〕
と戦隊長に報告する。
〔おい砂糖あるか〕
と土屋大尉
〔あります〕
〔あるだらう。例のものな。わかつたな〕
当番兵が笑つてゐる。紅茶が出る。御馳走になる。甘い。
未だ半分も飲みほさぬうちに、情報
〔岳州に敵機三機こちらに向つてゐます。〕
〔おい、焼かれるぞと（※ママ）〕
部隊長が真先に走りだす。やぐらの上で赤旗を振る。
全員飲みかけの紅茶を放りだして走る。走りながらバク[※4]帯をつけてゐる。始動車の疾走。砂塵。
忽ちのうちに全機飛び上つた。
〔今の情報は誤り〕
と電話が来る。
直ぐ上空に連絡する。全機悠々と舞つて降りる。
〔どうした〕
と戦隊長が笑つて降りてくる。

〔はあ、今、何の誤りか調査中であります〕

〔鴉がかあかあ飛んだんだらう〕

と土屋大尉が大笑してゐる。

二時半に昼食。気の毒でならぬ。前川参謀[※5]が見えた。岩橋少佐も見える。戦隊長と指揮所で話してゐる。岩橋少佐、乗用車で帰られる。

加藤少尉と黒田軍曹が兵隊将棋をやつてゐる。

〔それ自爆だ〕

と笑ひながら駒を動かす。

又情報あり。将棋を放り出す。

戦爆連合十六機が北進中である。

150キロ　100キロ　80キロと段々近づく。

全機舞上る。岩橋戦闘隊、全機邀撃に向ふやう前川参謀が連絡してをられる。

壮観。空一杯の友軍機である。

〔こつちに来さへすれば全機叩き落せるぞ。〕と前川参謀は櫓の梯子の真中に腰をおろして空を見つめてゐる。機影を評する。

どうやら皆逃げて終つたらしい。

その儘皆○○に帰へすやうと参謀が云つてゐる。

戦隊長の飛行機のみ帰つて来る。帽子とカバンを取りに来られたのである。中野少尉が走つて機上に運ぶ。其儘滑走、離陸して行く。

薄暮。月が出た。

可愛い三毛猫が兵隊にぢやれてゐる。名前を聞くと〔玉〕ださうだ。残飯で飼つてゐるのである。痩せてゐるが悧巧さうな猫である。

〔今夜は連れて帰れ。ここに置くと爆撃にやられるぞ〕

〔はい〕

と兵隊が云つてゐる。

整備隊が整列して、トラックが出る。もう敵機の情報が入つてゐる。月が段々明るくなる。

昨夜のコースで兵舎に行く。この辺りだつたと爆撃の跡を見ながら行く。

風呂を浴びる。

上ると直ぐブルンブルンと敵機の爆音が聞えて来る。兵隊と壕に入る。

〔ほら、あれはのろし[※6]ですよ〕

向ふの部落の森の中から赤白の打挙花火が上つてゐる。

〔敵の諜報ですよ〕

なるほどそのコースから敵が入つて来て、爆撃を始める。大部（※ママ）慣れて爆音だけで大方の敵機のコースと軸線がわかる。

蛍が地上スレスレに飛んでゐる。

例のヅシンヅシンといふ地響と高射砲の交錯。壕の中に土民や保安隊が入つてくる。

「明月や早くあしたになればいい」[※7]
といふ俳句があるさうだ。何となく飄逸で、兵隊のいつはらぬ感かいだと、面白い。決して臆してゐるのではない。月と爆撃を見くらべる余裕のある壕の底の発想なのだ
昨日の爆撃にくらべてづつと間遠である。
〔鰻を釣つて来ました〕
と曹長が一匹大鰻を下げて来た。待避の間に揚子江で釣つて来たのである。紐を通して木にぶら下げてゐる。月光の中で一句出来さうな気がする。
昨夜の睡眠不足で睡いからさつさと引上げて2階の蚊帳に入る。いつの間にか眠つて終つた。

8月31日
六時に起床　2階の窓から美しい暁雲が流れて見える。
家からの便りを繰りかへし〳〵読む。
今日は日記を記したいので午前中兵舎に残る。昨夜の残り湯で朝湯を浴び揚子江岸に出る。岸辺に野生の朝顔が沢山咲いてゐる。白と紫と空色の朝顔が露に濡れてゐる。花輪が少し小さい。

　　爆撃の跡涼しげに野朝顔
　やれ咲いた夜露の果の野朝顔

皆、この雄大で初ひ初ひしい朝の感覚を充分に表現が出来ぬ。
対岸の山々が濃淡幾層の暁の諧調を帯びて岳州の辺りの塔もかすかに見える。

何の樹であらうか。大きい樹幹に葉が少しばかりまつはりついたやうな樹が五六本堤防に沿ふて生えてゐる。

土民が水汲みにいそがしいやうである。日の出である。

揚子江が白くゆたかに光り流れて、川幅五六丁もあるであらうか。三四艘の帆船がもやつてゐる。

放し飼の馬が群れて走つて、草を喰んでゐる。山鳩がくるくると啼いてゐる。

帰る。

昨夜の鰻が相変わらずブラ下つてゐる。

庭前に老樹あり。何の樹かと土民に聞くが通ぜぬ。桑の大木だらうと兵隊が云つてゐる。幹を掌でペタペタと叩いてみる。

もう生涯この樹をこのやうにして叩くことはないだらうと思ふと不思議な幽遠な気持がする。

　歌人の千里を離れ行く道野辺の
　　名しれぬ　梢　幹　は打てば響あり
　みいくさに従ひ行きて異国の名しらぬ
　　幹を叩きて　叩き
　余りの尊さに東方を仰ぎ聖寿を寿ぎたてまつる

朝食後日記にかかる。

窓の下に鷺が降りてゐる。鵲も見える。

遠くに稲扱ぎをやつてゐる農夫も見える。

長閑である。石蟬の声も混つてゐる。
豆腐と鱗の沢山ついた塩干魚にて昼食。
ぼんやり煙草を吸つてゐたら、ドンドンドンドンといふ爆弾の音がきこえはじまつた。
下へ降りて見るとP38[※8]と51が二十機ばかり来てゐる由。
空の中に高射砲弾の弾幕が見える。
仰いで見るが相当の高度である。友軍機も舞つてゐる。
裏庭の日溜りに加藤曹長が石鹼をつけて仔猫をたんねんに洗つてやつてゐる。
〔どうしたんですか〕
〔ニイからもらつたけど穢くてね〕
〔それぢや鼠に喰はれるでせう〕
〔全く〕
と曹長は笑ふ。実際猫より大きい鼠が夜は暴れ通しだ。この曹長は残飯で鶏の番も飼つてゐる。
〔敵機が来てるんださうですよ〕
〔さうですね〕
と爆音の空を見上げてゐる。
裏庭の向ふにもう一つ小さな兵舎があるのでのぞいてみる。
〔報道部の檀ですが〕
といふと

〔おはいんなさい〕

といふ曹長がゐる。

二三十人の宿舎のやうだ。すすけた天井に糸を張つて千代紙の鶴や風船が沢山釣られてある。慰問袋から出したのであらう。

〔今朝方熱が出ましてね、だるくて横になつてゐます〕

と曹長。四八の戦歴をぽつりぽつりと語る人だ。

兵隊が二人釣竿を持つて裏のクリークに降りてゆく。スッポンや鮒が釣れるのださうだが、秋口になるとスッポンはかからぬと云つてゐる。

風向が悪くて藻がこちら岸によつてゐるから向ふへ廻らうとするが泥濘がある。

〔負うてあげませう〕

と裸の兵隊が背を出す。渡してもらふ。釣れずに帰つて来る。

中野少尉が帰つてゐる。

〔夕方から一杯やりませうか〕

といふので、僕は一人の兵隊に案内されて、[※9]難民区にさかなの買出しに行く。鶏卵（一ケ七円）ビータン（※ママ）、南京豆、ささげ、饅頭、蓮の実等を買つて帰る。

ピータンと蓮の実　誰も喰べ方を知らぬので驚く。

新宮曹長、加藤[※10]曹長等集り酒宴となる。

坂川戦隊長の話、尾崎中和中佐の話。今の戦隊長の話等。

同盟通信の松尾氏がひよつこりやつて来て、〔報道班の方が見えてゐるさうですが〕
といふ。大毎の田代氏から名刺をもらつて来てゐるのでそれを出しながら
〔大毎の■井さんがあなた方はゐないといふことでしたが〕
といふと、
〔いやずつとゐました〕
やがて写真班の深関氏もやつて来て　心強いこと限りない。
聞けばすぐ隣の四八の兵舎に寝てゐるのである。
月が出たが、見えたりかくれたりする。情報が入つてゐる由だが敵機の爆音が全くない。
蠟燭の光で、快気焔をあげる。
〔白螺磯程いいところはないぞ〕
などといふことになつた。

９月１日
小雨模様である。

この天候では敵機も来ないだらうしピストに行くのを止める。それでも時には晴れたり曇つたりする。雨の合間を見て、新宮曹長と揚子江に釣りに出る。

崖下の岩に腰をおろして釣糸を垂れる。

〔川幅は１６００から１８００の間だ〕

と新宮曹長が云つてゐる。黄褐色の濁水がまんまんとたたへてゐる。こちら岸のところで水が岩にもつれて渦を巻いてゐる。一隻の小舟が岩に乗上げて大破した儘である。

岩陰の水のよどんだ淵に糸を垂れる。うきが波に掠められて浮いたり沈んだりして見分けにくい。岩が時折海の波のやうな水をかぶる。

ミミズが無くなつて終つたがすぐ向ふの岩でもう一人兵隊が釣糸を垂れてゐるのでわけてもらひに行く。曇天で兵隊は皆暇なのであらう。

〔釣れますか〕

〔いやおととひ班長殿が三尺ばかりの鯉を釣上げたのでね〕

〔ほう三尺の〕

〔ええ、丁度側でニイ公も見てゐたから丸太で叩き殺させたんですが、でかかつたですよ〕

そんなのが釣れたら処置に困るなと思つて、みみずを手に分けてもらつて、自分の岩にもどつた。

二隻の小船をつなぎ合はせた帆船が北風を受けて岳州の方へ漸行してゐる。岩礁の多いこちら岸をたどるから、例の岩に坐礁して終つた。

船頭が二人声を挙げて櫓で岩をついてゐる。やうやくはづれてゆらりと一揺れ揺れたまま、上つていつた。

うきが急に沈むので竿を上げる。手答へがある。

〔上げ方が強すぎる〕

と新宮曹長が側から呼ぶ。

岸辺にたぐりよせて上げてみると一尺五六寸の鯰だ。引上げて足で押へて、針をはづす。岩の間の小さい水溜りに入れる。
しばらく岩の間で煙草を吸ふ。
対岸の丘陵が雨雲にけぶつてその手前の波の層の上に二羽の鷗が舞つてゐる。山の上に笹があるので笹に魚をとほしてぶら下げて帰る。新宮曹長は釣れなかつたのが残念なのであらう。みみずを掘り直して又釣りに出た。三四匹釣つて帰る。得意さうである。
見た事のない魚だが土民に聞くと
〔ファン・ユエ〕
だと云ふ。土の上に字を書かせてみると〔鰉魚〕ださうだ。
〔大大天好〕
だと云つてゐる。僕の鯰と一緒に四十円なら買ふと云つてゐる。
〔塩をやるから卵を持つて来ないか〕
といふとすぐポケットに卵をもつて来た。内地から用意して来た塩を包んでやると卵を三つよこした。白過ぎるので初め砂糖だと思つたらしい。舐めて一驚して帰つて行つた。
保安隊の男が側からよつて来て
〔他的心利行〕
と繰りかへし云ふ。僕の交換方が不利だつたと云つてくれてゐるらしい。然し卵三つもらつて僕又結構なのである。煙草を一本やると眼を細めてよろこんでゐる。近処の子供達が大勢寄つて来て何処の子供達も可愛いが〔何呉れ彼を呉れ〕といふのでうるさくなつて部屋に帰る。月無く空襲なし。早くから寝込む。アンペラ張りのがらんと広い部屋に一人寝るのだから風の音が凄く聞える。大鼠が縦横に暴れ廻つてゐる。

◎八月二十九日、敵機による爆撃の恐怖で始まった白螺磯基地での、翌八月三十日から九月一日の記録である。いよいよ前線部隊での生活が始まるのである。

何という隊を目指したのかが不明だったが、「別府戦隊」という言葉により、ようやくそれがわかってくる。第五航空軍に属する飛行第二十五戦隊、通称号・隼魁第二三八七部隊である。

第二十五戦隊は一九四二年十月に編成され、漢口、南京で防空にあたり、一九四四年四月に運城、新郷等で河南作戦に参加、同年五月から白螺磯に展開した。五月の頃は保有機二十二機、操縦者四十四名を擁したという。戦隊長は檀の赴任した時には別府競戦隊長である。この頃から航空戦の損害が増え始め、残ったパイロットの負担は増大し、第二十五戦隊操縦者の八月の平均飛行時間は月間百二十時間にもおよび、一日に五回の出動をするなど、部隊は疲労の極にあったということである。（『日本陸軍戦闘機隊　戦歴と飛行戦隊史話』秦郁彦・伊沢保穂共著　二〇二二年　大日本絵画）

そんな状況であったが、土屋大尉は寿司（砂かぶりの砂をよけて）で歓迎してくれるのである。走って戦闘機に飛び乗る様子や空一杯の戦闘機、敵の諜報活動ののろしなどが、はじめて目にする檀の目線で描かれる。

一方、檀はやはりたんねんに日常の兵士たちの、戦闘がないときの小さなシーンを綴っている。汚れた仔猫を洗っているひとコマや、揚子江で大魚を釣ってくる様子など、何げない姿の兵士と、揚子江ほとりの地元住民たちだ。

※1「**別府戦隊長**」　別府競少佐。前任の坂川敏雄戦隊長に代わり、一九四四年七月に着任したばかりであった。それまで第十一戦隊で中国大陸やマレー半島などを転戦したのち、この白螺磯で任にあたった。檀の日記に描かれた九月三日「土屋大尉の不時着」の二週間後の九月十七日、湖南省西部の芷江《しこう》への攻撃の途次に飛行機故障により敵地に不時着、自決したと推定されている。檀の日記は九月三日で休止しており、別府戦隊長の戦死のことは書かれていないが、『リツ子・その愛』には記されている。
※2「**土屋大尉**」　土屋高大尉。卓越した空戦技術を持つパイロットと言われ、一九四三年四月に白螺磯の第二十五戦隊第一中隊長、翌三月には飛行隊長をも兼ね、戦隊の要として信頼された。同年九月三日、飛行機故障により敵地に不時着、戦死（自決と推定）した。檀の『リツ子・その愛』に、太宰治の『女生徒』を読んでいる文学好きの大尉という設定で登場する人物だ。
※3「**衡陽**」　洞庭湖の南、湘江沿いの要衝。

※4「バク帯」　縛帯。第7章の※24参照。
※5「前川参謀」　北支那方面参謀部附陸軍少佐・前川國雄。一九四四年二月十四日付で補第五航空軍参謀に就任した。
※6「のろし」「敵の諜報ですよ」と教えられている。当時中国の集落には「保甲」と呼ばれる住民組織があり、頭上に日本軍機が接近すると、のろしをあげる。すると次の集落、また次の集落というようにリレー式にのろしがあがり、中国の防空監視哨となったという。（『大東亜戦史　第5　中国編』益井康一「大陸の白い星」一九六九年　富士書苑）
※7「明月や早くあしたになればいい」　檀一雄のエッセイ「敗戦の唄」にも記されている。
※8「P38と51」　P38はアメリカのロッキード社開発の戦闘機「P―38ライトニング」、P51はアメリカのノース・アメリカン社が開発した戦闘機「P―51ムスタング」。
※9「難民区」「難民区」は、報道班司令部のある漢口にもあり、この白螺磯、また十月に移動する先の岳州でも出てくる区域名だ。
広島大学中央図書館所蔵「漢口難民区事情」（漢口日本商工会議所編　一九四二年）についての論考（北九州市立大学大学院紀要第29号「漢口難民区事情」王穎煜・整理、翻訳／鄧紅・解題、校正／二〇一六年）によれば、日本軍は一九三八年「武漢の市街地を難民区・中華区・日華区・特別区（フランス租界・日本租界・旧ドイツ租界・旧ロシア租界・旧英国租界、いわゆる租界区）に分かれ《※ママ》、地区ごとにそれぞれ事情に合った警備体制が敷かれていた。本資料によると、漢口難民区は戦争で流れてきた難民を収容する特殊区域で、

日本人の進入が禁止されていた。難民区の位置は、漢口西南部漢水左岸に位置し、橋口路、中山路、三民路、民族路に囲まれる細長い市街地である。難民区の面する漢水の沿岸の長さは橋口碼頭より民族路碼頭に至る約四三平方キロメートルの区域である。難民区の人口は、戦争前には15万人であったが、１９３８年10月26日漢口陥落直後に30万人、ピーク時は40万人《（※ママ）》膨らんだといわれるが、詳細わからない。」ということである。

白螺磯、また十月に岳州滞在中に訪れる難民区については、場所、規模など不明である。

※10「尾崎」　尾崎中和中佐。一九四三年三月、第二十五戦隊第二中隊長の任に就き、エースパイロットとして勇名を馳せた。一九四三年十二月、戦死。

十　九月二日〜九月三日
土屋大尉未帰還

9月2日
どんより曇つてゐる。

今朝はピストに行く心算だつたが、二階に一人寝てゐるので乗忘れた。

眼覚めて空を仰ぐと雁が渡つてゐる。真北から真南に百羽ぐらゐの大編隊である。

隣の四八を訪ねると松尾、深関の両君がゐるので一緒に飛行場へ行く。途中でトラックを拾ふ。

飛行団の佐々木軍医をたづねる。横浜の外科医だといふことだ。この間の昼間空襲の際中に骨傷患者を一人手術したさうである。

〔経過は良好だがマラリヤが出て困つてゐる。弱るとあいつは出てくるんですね〕

〔空襲になつても、動けぬので観念して寝てゐるが、天気が悪いので助かりますな〕

砂糖湯を馳走になり滑走路のところで松尾氏らと別れる。

土屋大尉が空勤者を集めて隼三型[※1]の講義をしてゐる。講義が終ると、すぐ飛行をやつてゐる。三十分づつだ。

清野[※2]曹長の飛行振りを見る。らくらくと舞い上つて、低い雲の中を急角度に上昇反転してゐる。二三十分で降りて来る。

〔どうですか〕

〔ややつぱりいいですね〕

ピストに帰つて昼食を喰べてゐると、鉄冑を負うた一等兵が入つて来る。威儀を正し厳粛な表情である。

〔自分は○○部隊の○○一等兵でありますが、富永曹長殿の友人であります。この度ここで戦死と聞きましたが、前後の模様をしりたく、参りました〕

と頬を紅潮させてゐる。

〔さうか。おい清野。あの日の模様はどうだつた〕

と土屋大尉が云ふ。

〔6月の　　日だつたかな。

残念だが仇は討つぞ〕

と云ふ。兵隊は肯いて敬礼をすると、

〔わかりました。遺族に知らせてやります〕

と大声で答へる。

丁度戦隊長が煙草の火を借りに部屋へ入つて、その話を聞いてゐたが、きつと兵隊の方に向き直つて、

〔おまへは富永を何処で知つてをつたのか〕

〔はあ、福岡の　　学校で一緒でありました。よく知つてをります〕
〔さうか。俺も富永の戦死を自分で見て知つてをるが、壮烈な自爆だつた。〕
前後のところを重く区切つて隊長は云ふ
〔はい。わかりました。伝へてやります〕
と大声で云ふと、戦隊長の方に正しくむき直つて敬礼したが、外へ出ると何故か一目散に走りだして行つた。
戦隊長はそれをしばらく見送りながら、黙つて指揮所の方へ帰つてゆく。
僕はこの戦隊長が双児の兄弟であり兄さんの方が爆撃機の戦隊長で弟の戦闘機に直衛され阿修羅の爆撃を行つたといふ昔の新聞記事を憶えてゐる。又兄さんの戦死の報道も事情が特異であるだけに、今でもはつきりと憶えてゐる。
これがあの別府隊長かと、その無言の雄々しい後姿を見守って、武運長久を祈らずにはをれなかつた。

（※欄外上部）
土屋大尉。
①防空壕に入つた件（鞄）
②腕時計の皮修理の件（加藤曹長）

ピストでは曇天で情報の入りが少いから、雑誌の奪ひ合ひである。陣中倶楽部といふ一冊の古雑誌だが清野曹長の持参したのを大島大尉[※3]が奪ひ、大島大尉が読みさしてゐるのを清野曹長がとりかへし、それを又土屋大尉が取るといつた有様だ。
〔俺はこの雑誌はどうも見たやうな気がするんでね、ちよつと附録のところを見てたしかめるんだ〕
と土屋大尉。
草野中尉[※4]、金井少尉[※5]、等で麻雀をやつてゐる。土屋大尉は麻雀がきらひださうで、側で雑誌を見ながら時折ひやかしてゐる。
僕がルビークヰーンを吸つてゐると側から清野曹長が
〔いい煙草ですね〕
〔どうぞ〕
と僕がすすめると土屋大尉が
〔清野。馬鹿に婉曲に行くな、婉曲に〕
と笑はせて、
〔やつぱりうまいか〕
〔はあ、やつぱりうもざんすね〕
と清野曹長。
〔ぢや〕

と私に笑いかけながらルビークキンを一本抜きとると、煙草でちよつと会釈して
〔婉曲に行つたな、婉曲に〕
どつと哄笑がおこつて誰も彼も煙草を抜取る。私は土屋大尉に向つて、
〔九戦隊の[※6]岩田大尉殿を御存知ですか〕
〔知つてゐます。同期ですから〕
〔五十三期ですね。実は私九戦隊に居りまして皆さんが岩田大尉殿を大変追慕なさつてゐるのですから、伝記のやうなものを書かせていただきたいと思つてゐるんですが〕

〔※欄外〕
　つつがなく帰り来まして
　　久方の空をせましとまた翔けりませ

〔つまらんことで殺して終つた〕
と一寸感慨深さうな面持である。
〔尾崎中佐などと皆んな同期だが、岩田とは学校の頃は一緒だつたが、支那に来てずつと会ひません。九戦隊だつたら下深迫が知つてゐるでせう。あれも一緒だ。〕
〔[※7]下深迫大尉殿は少し体をこわされて、温泉に行かれたやうでした〕
〔ほう。俺も温泉にでも行くか〕

と皆の顔を見ながら破顔。
〔どうです。岩田大尉殿の学校の頃は〕
〔さあ一番のやんちやだつたな。暴れん坊だつた。〕
これだけは間違のないか。
丁度そこのところへ軍医※8が来た。
〔何処か悪いんですか〕
と僕。
〔いや、昨日歯を抜いてね。後が気持が悪いから。〕
〔漢口でですか〕
〔さうです。四五分ぐらゐで抜けるとだまされて、四五十分ガリガリやられました。嫌なもんですね。早く治療すればよかつたんですが、もうぼろぼろになつてゐてね。四つぐらゐに折れて抜けて来ました。肉がついてね。〕
〔埋められんのですか〕
〔いや、あれは内地で金もうけにやるんださうで、戦地の軍人は抜けばいいださうです〕と哄笑。
〔歯はいたむし、腹は下すし　昨日今日とりどころないですよ。精神が弛緩しとるんですね。いかん、いかん、いかん〕
（※欄外上部に記載）
土屋大尉

足が白いのに驚く　僕が自分の足を出して比較するとその足をパタパタ泳がせる。
軍医が側で笑つてゐる。
〔先に注射をやりませうか〕
〔さうですね〕
と大尉は右腕をまくつて、
〔静脈がうまく出らんのでね〕
と机のはしに毛布を敷いて自分の左手で肘のところを抑へてゐる。葡萄糖の注射であらう。
丁度そこへ別府戦隊長が出て来られて、ぢつと土屋大尉の注射の状況を見てをられる
〔いたくないか〕
〔いやあ〕と首を振つて
〔戦隊長殿はどうですか〕
〔いや、わしややらん〕
〔こわいですか〕
〔こわい〕
と戦隊長が笑ふ。
〔坂川戦隊長殿がどうしても注射はさせなかつたな、一度やれば、やらんと気が済まなくなつてくるからいかんと云はれてゐました〕と土屋大尉。

〔歯の方を消毒やりませう、口の中は割合化膿しにくいので大抵直きなほりませう〕
と軍医。
〔いたむのですか〕
と僕が聞いた。
〔いや、もういたみません。ただ舌ざわりが気持が悪くてね〕
と口を開いて自分で指でひつぱる。
軍医がピンセツトに脱シ綿で消毒をすます。
〔終りましたね〕
と土屋大尉は云ふ。
〔ヨーチン〕をぬりませうともう一度口を開く。
土屋大尉は大変気持がよくなつたやうに、
〔ありがたう〕
と当番が持参した茶で口をそそぐ。
今日は戦隊長、草野中尉、金井少尉、清野曹長等白■山の下の兵舎に泊るといふのでトラックに同乗。夜　草野中尉、金井少尉と葡萄酒を飲む。下の中野少尉の部屋に下りると酒宴である。金井少尉がギターを弾く。非常に巧い。
坂川戦隊の歌を中野少尉が歌ふ。坂川戦隊長の話、土屋大尉の話等。
土屋大尉53期。満州にて奥さんと一緒にくらされたのは僅に一月の由。赤ちやんが生れられたさうだが、未だ見ず大変恋しがつてゐられるとか。

新宮曹長がふかのやうな三尺余りの魚を釣つて来たので加藤曹長の可愛がつてゐる小ハイの家に料理に行く。

豆腐屋である。蠟燭を欲しがつてゐたので一本やつて料理をたのむ。老ばが例の女の子を抱いてゐる。女の子の母が此処の主婦であらうが、その外2人女房がゐる。マナ板の上で例の大きなホウチヨウでとんとん切つて終ふ。

頭とモツと　肉の一部をわけてやる。シツポを猫子《マオ》にくれと云つてゐる。

小ハイに新しい銀指輪を買つてつけてゐる。それが竈の火にギラギラ光る。

椅子をすすめられて竈の横に腰をおろす。青衣の女が葦の枯枝を燃やしてゐる。竹のやうでよく燃える。

大なべをかけて白い油をとかしこむ。何の油だと訊くと豚油だと答へてゐる。魚を油でいためて塩を入れる。

それから青唐辛子をぶつ切りに刻みこんで味噌のやうなものを一さじ入れた。

それから蓋を冠せてぐつぐつ煮る。煮つめたところで主婦が箸子でつまんで味を見てゐる。

何かがやがや云ひながら僕に箸子をすすめる。

どうも日本人とは嗜好がちがふからやつてくれと云つてゐる様子である。

喰べて見る。美味い。飯盒に盛つて礼を云ふて帰る。

酒盛を続ける。月明である。

9月3日
この頃夜は晴れて明月だが、朝は毎日曇る。雨雲が低く垂れ、ピストに行くのを止める。
夕刻加藤曹長が　日記をつけてゐる私の処へ顔色を変へてやつて来て、
〔土屋[※9]大尉殿が不時着されました〕
と云ふ。
〔友軍の警備地区から十粁ぐらゐのところだから、大丈夫だと思ふが、この辺りの土民は皆不穏だから〕
〔実は今日私の鶏をつぶしたので、中野少尉殿に電話をかけ、土屋大尉殿も来てもらつて一杯やらうと思つたところ、不時着の報せで〕
くわしい状況はわからない。今、金井少尉機が、不時着の現状を哨戒に行つてゐる由。
戦隊長と金井少尉が帰つて来る。
金井少尉から概略の様子を聞く。
衡陽迄の哨戒の帰途、土屋大尉機の排気孔からパッパッと火を噴きはじめ白煙が流れだした。
可笑しいと思ふ間もなく、丘陵に不時着を決意したのか　胴体のまま滑りこんで丘のいただきを越え（※欄外注：松の生木の膚が裂けてゐたといふ報告。）、五六本の小松に、かかつて止つた。
清野曹長機は油のつづく間様子を見とどけやうとその上空を旋回したが、やがて二三分の後天蓋を明けて土屋大尉が出て来た。

無事である。

額のところを打つたのか繃帯のやうな白布が見えた。

（※欄外）

洞庭

大尉はそれでも非常に元気さうに丘の道を東北の鉄道の方へ歩きはじめ、僚機にむかつて右手を振つて合図をする。

その道の前方に土民が二人、後方にあたつて三人見え、丘の周囲に小さい部落が三つ見えた。

清野機は土屋大尉の元気さうな様子をたしかめると、油が切れかかつたので、鉄道工事をやつてゐる友軍の兵士達に不時着機を頼むといふ風に翼をふつて帰つてきたといふ。

金井機は燃料を補給し終ると　時　分　再び土屋大尉機不時着の現場に向つたが、先程歩いてゐた道の上に土屋大尉の姿が見えぬ。機体は元の儘である。

二三度旋回する内に土屋大尉が歩いてゐた方角から不時着機の反対側約一粁ぐらゐの松林の間に土民四五人がチラチラと隠顕した。

彼等は松蔭や藁をかぶつて明かに身をかくす姿勢をとり、気をつけて見ると彼等の中央とおぼしきその松林の赤土の上に土屋大尉が横臥してゐる。

半長靴が明瞭に見えるが、全く身動きしない。人事不省におちひつてをられるのであらうかと、機上から少しそらして銃撃して見るがその音響にも一向に覚める模様がない。
もう一度旋回してもう一度銃撃して見たが反応がない故、其儘ひきかへしたといふことである。

夜、戦隊長の個室に行く。
アンペラ張りに毛布を敷き蚊帳の中にフンドシ一つで寝てゐたがむつくと起き上つて、
〔やあ〕
と椅子をすすめられる。兵隊の手製の行灯であらう。四本の葭の支柱に紙を張つて中に蠟燭が瞬いてゐる。
〔土屋大尉殿不時着で、御心配でございませう〕
しばらく黙つて灯火を見守つてゐる風であつたが。
〔無事に帰ればいいがな〕
堂々たる体軀である。カン骨がゆたかに秀でてゐて陽焼けの額に沈痛の表情がある。
〔松陰に横臥されてゐるさうですね〕
〔然し首の辺りでも強く打つてゐて、一寸挙げにくいこともあるからな、・・・それにしても手ぐらゐは振りさうだな〕
〔初は元気に下から手を振つてをられたさうですね〕
〔さうだ。それから四十分も経つてゐないのに全く動かんといふのは可笑しいな。土民が叢の中に逃げこんだといふのも心配になるな。初め行つた方向から反対に向つてゐるといふのも〕

〔実際支那の戦争といふのはやりにくいですね〕
〔※10〕〔やりにくい。ビルマではわしも不時着したこともあつたが、象に乗せられて帰つたり、大抵の者は土民から助けられて友軍の処へ送られるといつたふうだつた〕
〔私も何か新聞で読みました。穴　　曹長でしたか〕
〔いやあれは◎◎曹長だつたな〕
〔然し、明日辺りひよつこり友軍地区に元気で帰つて来られるかも知れませんね、さういふ電話が来さうな気がします〕
〔さうだな〕
と一寸嬉しさうに。
〔来るかも知れん、土屋大尉がゐなくなるとわしと兵隊とのつながりがなくなつて終ふやうでね〕
〔私も二三日でしたがおめにかかつて、全く戦隊の中堅といつた頼もしい感じでした〕
〔惜しいよ。殺せんよ。敵と出会つて落されるやうな男ぢやないんだから、あの男は〕
〔私ついこの間迄九戦隊に居りまして、戦隊の誰彼が岩田大尉殿を敬慕し噂してをりましたから、一つ私は岩田大尉殿の伝記を書かせていただかうかと考へ、丁度土屋大尉殿と同期だといふことで、話を伺つたりしてをりました〕
〔さうだな、士官は尾崎や本橋などと53期の同期だ。わしは明野で教へたこともあるんだが、こちらへ後から来て見ると皆（※ママ）なわしよりうまくなつてゐる〕

〔ここの部隊の勇名は私前から存じてをりました〕
〔前の戦隊長が偉かつたからな。わしが代つてからさつぱり戦果が挙らんが、部下には偉い奴が沢山ゐて心強いよ。田代[※11]や羽澤[※12]などといふ連中は、わしが敵にさうぐうして、まあ戦隊長だから軽はずみなことも出来んなと思つてゐる中に、もう飛込んで、やつて終つてゐるんだね〕
〔両准尉とももう五十機以上落されたさうですね〕
〔さうかも知れんな、土屋も尾崎と一時撃墜競争をしたのださうだ〕
〔失礼ですが戦隊長殿は双児の御兄弟でございましたね。昔新聞で拝見したことがあります〕
〔新聞記者が、双児が面白いといふので嘘ばつかり書きたてたんだ。兄貴がけがをすれば弟もけがをするなどとね。そりや双児で一緒の着物を着　一緒の喰物を喰つて一緒に寝てるんだから、片一方がはしかになれば片一方もかかるよ〕
と笑つて僕の顔を見ながら、
〔君は酒をやるか〕
〔少しはいただきます〕
〔さうかそれぢや少しやらう。おい当番、酒を持つて来てくれな〕
やがて当番が酒肴を用意して来た。
〔これは何か、魚か〕
〔はい揚子江の魚であります。昨夜新宮曹長が釣つて来られました〕
〔さうか、〕

と酒をついで、魚をつまんでゐたが、
〔これはいける。うまいぞ。君　やれ〕
と云つて、再び土屋大尉のことを思ひ出されたのか、
〔土屋大尉は、揚子江の魚を喰つたといつてこぶを出しとつたが、俺は出来んからな　それにしても無事に帰つてくれればいいがな〕と盃を乾す。
〔戦隊長殿はお国はどちらですか〕
〔わしか、わしは津だ。小さいときから明野の側にゐたんで、兄弟共、もう飛行機に乗ることは決つてゐたんだな〕
〔戦死された方がお兄さんでいらつしやいますか〕
〔兄貴だ。六時間早く生れたからな。昔はよく似とつたんだがな。段々違つて来た〕
〔何処で戦死されましたか〕
〔馬来[※13]だ。新嘉波[※14]が落ちたのを見て死んだら喜んだだらうがな〕
〔何か、私おぼろげな記憶ですが、たしかお兄様の爆撃行を直掩されてゐらつしやつたとかいふ記事を読んだやうに思ひましたが〕
〔いや、命令を受けて直掩したことはない。来てゐるといふ噂は聞いたが然し知らずにシンガポールで一緒に戦闘したことはある。
後でひよつこり会つて、なんだ一緒にやつてゐたのかと笑つたもんだ。一月の二十六日はわしが負傷して、それから一週間も経たぬうちに、あいつが戦死した。さうだな。さう云へば新聞記者

が面白がるやうに、何か関係があるかもわからんよ。双児といふ奴に〕
と戦隊長は愉快さうに笑つて
〔おい。君。これは鶏だぞ。〕
ああ、これが土屋大尉を待つた加藤曹長の鶏か、と僕は何となしに戦場のはげしい気魄を一拠に浴びて、大尉の生還を祈つた。
僕は改めて戦隊長に、大尉の生還を祈る言葉をのべ退去して中野少尉の部屋に入つた。
中野少尉の部屋には金井少尉や柳准尉　加藤曹長等集つて、ひそひそと話し会つてゐる。皆思ひは土屋大尉につながつてゐるやうだ。
僕は改めてもう一度金井少尉から状況をたしかめる。
〔銃声が聞えん筈はないですよ。頭をぐつたり横にされた儘ですから〕
〔駄目だ。それぢや見込が薄い。兎に角明日金井少尉がもう一度ふつ《※払》暁たしかめて、それから柳准尉に現場に急行してもらはう。〕
〔私も一つやつて下さい。若し向ふで、生還される土屋大尉殿と会へたらこんなうれしいことはありませんから〕
〔ぢや明日一緒に行つて下さい。〕
と中野少尉が云ふ。
蠟燭がむき出しだから、すき間風に大きく揺れる。気になるのか戦隊長がまた入つて来た。
〔まだ何も連絡はないか〕

〔はいありません。明日とりあへず柳准尉に現場に行つてもらはうと思ふんですが〕
〔さうしてくれ。それから御苦労だが金井少尉、明日の払暁は頼むからな〕
〔はい。機体は銃撃をかけて壊してをきませうか〕
〔さうだな。警備隊が急行してゐるのだから、もう一寸待つて見たらどうかな。それからにしよう〕
外へ出ると風がはらつてゐる。然し満月は

（※欄外上部）
君がかばねを月照らす、丘のくまぐま
満月

（※空白ページの後、縦書きで）
[※15]右返競
神仏も守りゐるらむはらからの日毎夜毎の写真心に
筆とれば思は遥か故郷の瞼に浮ぶ父母の面影
15$\frac{x}{4}$　菜の花の甘きかほりや支那の子等

$15\frac{30}{4}$　鈴木和子

戦争の話してゐる兵を囲める子等はまばたきもせず
洗濯のやうやく終へし嬉さに蛙の背に水かけて見る

$15\frac{17}{5}$　母送らん

忙しとて　競　大君に召されしつはもの送る母　思は同じ子等にあるらん
上髭をチンチクリンとひねりあげ
　口のあたりに鈴虫ぞなく

八月四日　原やす女よりの慰問

片翼は御国に捧げ給ひける
　はらからのみ心われは偲ばるる
もろの翼　皇国の空へささげるの
　大き覚悟にわれはうたるる

行動録　自　昭和十九年九月一日
　至（　空　白　）

大君の御楯となりて
　散らん身の
心は常に
　たのしかりけり

3／9　[redacted]陽[redacted]寧哨戒、岳州―衡陽間[redacted]電
H　三〇〇　以下　帰還〇〇西北一〇粁
土屋大尉
無事帰還祈ル事、切[redacted]　特派[redacted]
ト語ル
昭和十八年　二月　猿田[redacted]死シテ
[redacted]

十七日　十一月吉日
第三十一回誕生日を迎ふ
静[redacted]か寂し
25日　アラボリン　プアズノヒン
28日　黄大　1　紫色
岩田大尉殿　下深迫大尉殿
森田少尉

空※16しく兵舎の中でフオーンと鳴つた
風琴の主《あるじ》ゐまさず秋たくる

◎九月二日、三日の両日は、パイロットの土屋大尉未帰還について克明に記している。

九月二日、他の部隊の一等兵が、友人の戦死の際の状況を知ろうと別府隊に聞きに来る場面がある。自爆死した経緯を聞き、遺族に話してやりますと威儀を正して帰ってゆく様子は胸に迫るものがある。そうしたエピソードが、これから起こる事故を予兆させるようだ。

空勤者が地上で待機している特別な時間を檀は『リツ子・その愛』で「実際、空勤者が宿舎で時間をもて余している時程、困ったことはない。焦慮と退廃が限りなく混りあったむなしさで、傍観している私のほうがいたたまら《※ママ》ないのである。」と書いているが、そうしたむなしさを埋めるのが揚子江での釣りであり、釣った魚を地元の住民に料理してもらうくだりなどであろう。

九月二日、土屋大尉のところに軍医が来て、歯科治療のつづきを行う描写は非常に印象に残る。

翌九月三日になって急報が入る。哨戒飛行に出た土屋大尉が不時着し、直後は生きていたようだがその後の安否が不明となったのである。

そんなこととは知らず、土屋大尉の帰りを待って宴をする予定で加藤軍曹は飼っていた鶏をつぶし肴も用意していた。不時着したところが日本の支配外地域で地元住民の助けも期待できず、誰もが最悪の状況を心配する。一縷の望みを捨ててはいないが、生死の確認ができないまま夜を迎え、焦燥と苦渋の時間が過ぎていく。

翌日払暁の探索機に檀も同乗して現場を確認することになり、ここで日記は途切れ、こののち約一か月の中断となる。

皆が案じていた土屋大尉はどうなったか。

『リツ子・その愛』では、萩むらの中で死亡しているのを、檀も搭乗した探索機に発見されている。前日、軍医に注射を受けた腕が白く投げ出されていたと書かれている。

実際の土屋大尉も九月三日、事故により墜落、戦死となった。

「リツ子」ではこののち、羽沢准尉、野口准尉、そして土屋大尉を気遣っていた別府少佐も墜ち、皆「一様に規格に合って、然し颯爽と、飛んで、墜ちてい」き、「知り合うのは、その死を迎える為のようなものだった。」と戦局の悪化が書かれている。

知り合った大半の飛行隊員の死を確かめると、檀はいたたまれず白螺磯を離れる。どこかへの旅を希求するようになる。

エッセイ「敗戦の唄」では「私は飛行隊に起居するのが辛くなり、岩橋少佐の死をしおに、白螺磯を出発するのである。」とある。

帰らなかった彼等の悲痛と無念さ、報道班員という名で傍観している檀の空しさと辛さ。土屋大尉とのこれまでのやりとりが思い返され、九月三日の日記の上には、まるでざらざらと乾いた飛行場の砂塵が見えない苦渋となって覆っているようだ。

その後の第二十五戦隊については、「別府戦隊長は着任後間もない9月17日の芷江《しこう》攻撃の途次に戦死、10月11日に着任した松山戦隊長も2週間後の28日に荊門上空で戦死。歴戦の中隊長本橋大尉が8月4日、土屋大尉が9月3日にと前後して戦死するなど主要幹部の戦死があいつぎ、湖南作戦開始時の戦隊保有機31機が、9月10日ごろには16機（操縦者12名）にまで減少した。なかでも別府少佐、土屋大尉は、いずれも飛行機故障による敵地不時着（自決と推定）によるもので、痛恨の極みであった。」と記録に記されている。（『日本陸軍戦闘機隊戦歴と飛行戦隊史話』秦郁彦・伊沢保穂共著　二〇二二年　大日本絵画）

一方、檀の従軍期間は七月から三か月だから、十月には期間が終了するはずだ。九月三日で日記が途切れたあとに、従軍期間が終了していることになる。本来ならそこで帰国するはずだが、檀は自ら延長を申し出て、岳州へ、そして更に南へとより危険の多い従軍の旅に出る。

日記は十月六日の漢口、武昌での記述から再開するのであるが、日記が再開するまで、つまり九月三日から十月六日までの空白期間の行動が、先に紹介した伊藤永之介の「支那紀行ノート」から一部拾うことができるので、次章でそれを読んでいく。

※1「隼三型」　一式戦闘機隼三型。

※2「清野曹長」　清野英治曹長（のち准尉）。エースパイロットの一人で、一九四二年から約三年にわたり二十五戦隊の第一中隊の編隊長として中国大陸での防空戦闘で活躍し、終

戦を朝鮮半島の京城で迎えた。抜きんでた空戦技術の保有者と言われる。

※3「**大島大尉**」　大島利正大尉。一九四四年三月から十月まで、第二十五戦隊の整備隊長を務めた。

※4「**草野中尉**」　草野博中尉（のち大尉）。一九四四年九月から終戦まで、第二十五戦隊第一中隊長を務めた。

※5「**金井少尉**」　金井守告少尉（のち中尉）。第二十五戦隊のエースパイロットのひとり。一九三九年、ノモンハン空戦に最年少操縦者として参加、一九四三年十二月、第二十五戦隊第一中隊に配属された。卓越した空戦技術を持ち、戦後は陸上自衛隊で活躍した。

※6「**岩田大尉**」　岩田道雄大尉。一九四三年九月から翌年六月に戦死するまで、漢口の第九戦隊第一中隊長を務めた。檀が第九戦隊に配属されたのは同年八月、すれ違いであった。

※7「**下深迫大尉**」　下深迫勇大尉。檀のいた第九戦隊で、一九四三年三月から翌年十一月まで第二中隊長、ならびに一九四四年一月から同年十一月まで飛行隊長を務めた。岩田大尉をよく知る人物として登場する。

※8「**丁度そこのところへ軍医が来た。**～〔**ありがとう**〕**と当番が持参した茶で口をそそぐ。**」　土屋大尉の歯科治療のことは、『リツ子・その愛』にも描かれている。戦死前日のできごとである。

※9「**土屋大尉殿が不時着**」　飛行機故障による敵地不時着であった。

※10「**やりにくい。**」　このころ、日本の統治地域以外へ不時着した場合の生還例は稀で、不

時着は直ちに死を意味し、落下傘も意味をなさなかったということである。一方で米空軍のパイロットは、地上に着きさえすれば救われ、基地に帰ることができたという。（『大東亜戦史　第5　中国編』益井康一「大陸の白い星」一九六九年　富士書苑／『陸軍戦闘隊撃墜戦記1』梅本弘　二〇〇七年　大日本絵画）

※**11**「**田代**」田代忠夫准尉。第二十五戦隊の熟練パイロットのひとり。戦況が悪化しパイロットの過酷な出動が繰り返される中、一九四五年一月、出撃して未帰還（戦死）となった。

※**12**「**羽澤**」羽沢岩太郎少尉。一九四二年十月、第二十五戦隊第二中隊に配属、戦隊有数の撃墜王として活躍した。一九四五年一月、戦死した。

※**13**「**馬来**」マレー。

※**14**「**新嘉波**」シンガポール。

※**15**「**右返競**」**以下の語句**　最後に語句が散見されるのはメモ書きとみられる。中で「競」とあるのは別府競戦隊長と関係があるのか、不明。また、内地から送付された慰問袋に入っていたのであろう短歌、戦況メモなど。

※**16**「**空しく兵舎の中でフオーンと鳴った／風琴の主ゐまさず秋たくる**」小説「照る陽の庭」の「九」にある「『フォーン』と服の釦でも引っ懸ったのか、一つ手風琴が鳴るのである」という描写へつながっているように思われる。

十一　九月二十四日〜十月六日
再び漢口で
伊藤永之介ノートより

前述のように、作家・伊藤永之介は陸軍報道班員として湖南作戦に従軍し、一九四四年七月二日から十一月十六日までの手帳と、手帳に基づいて書かれた、詳細を極める「支那紀行ノート」四冊を遺している（秋田県立図書館蔵）。伊藤ノートにはスケッチも描かれ、現地の風景・人物写真数枚や、ガリ版刷りの地図も共に遺されている。

公開されている画像を読んでいくと、白螺磯の第二十五戦隊を離れたあとの檀のことも書かれていた。

九月から十月初めまでの行動は、『リツ子・その愛』には一度漢口へ戻り、旅行延期を願い出たのち船で移動したと書かれている。伊藤ノートを見るとやはりいったん報道班本部のある漢口に戻ったのち、岳州から船で出発している。漢口滞在は派遣延長の手続きや、経路を検討した期間と思われる。

伊藤ノートでは、九月二十四日に

午後から偕行社の百田氏の部屋にシャツなどもらひに行く、檀君、荻原君と日本人倶楽部で玉こ

ろがしをしたり（石黒氏の部屋に遊び、絵葉書を書いてもらふ）

というくだりがあり、さらに九月二十七日に

檀君と下の主人のところでヨウカン、なつめの砂糖漬など御馳走になる。

という記述がある。漢口に戻った檀が、同時期派遣の報道班員と交友しつつ何日か送っていることがわかる。

また、十月一日の中秋節を過ぎて、十月三日および十月四日には二日間分まとめて書いた中に

檀君が九日に前線に行くといふので岳陽まで自分も行くことにする。檀君ひどい下痢　その旨報道部に報告に行く。今夜は空襲を予想したが、なかつた

十月六日には

明日岳州に出発することになり、報道部で島田中佐その他に挨拶、檀君が衡陽まで同行する大東亜省軍政部の松尾氏に会ひ、官服上下　鉄帽を借りる

という記載がある。

檀の日記は岳州へ向けて漢口を出発するところから始まる。同行者は伊藤永之介・大東亜省軍政部の松尾氏という人物、そして伊藤ノートにはこの時点で書かれていないが児童文学者・詩人の百田宗治の三人となる。

次章で十月六日からの日記を読んでいく。

十二　十月六日〜十月七日
漢口〜岳州

岳陽秋月[※1]

石ぶすまいらか破れて
たはぶるる月の影ぞも
おどろしきいねがての夢
二つ三つ裂くや夜の鳥
己が影踏みつ迷ひつ
きざはしを上りて立てば
洞庭の一千余里
凜々として氷を舗けり

（※冒頭上部欄外）

10月22日　武昌

　爆撃

湖南紀行　（十月七日より）

十月六日
下痢漸くなほり、軍政部（衡陽）の松尾※2氏が七日出発の予定なるを以て同行を約す。

伊藤永之介、百田宗治の両氏　岳州迄一緒に行かうといふことにて、百田氏、僕の部屋（揚子江ホテル五階）に一泊。

夕刻石黒敬七氏来り　同氏の部屋にてビールとブランデーにて袂《※べい》別の宴を張れり。

時々雨なり。

十月七日　曇り、五時半起床
昨夜握つてくれた宿の握り飯を喰ふ、堅し。茶を飲み、ぬかるみと小雨を衝いて宿を出る。
揚子江がけぶつてゐる。
※3七時半の始発に乗る。松尾氏の姿見えず。
武昌着、芝将校の好意にてトラックにのせてもらひ駅着。発車は10時20分なりといふ、2時間余り

あり、伊藤百田両氏と駅の後ろの小さな部落に行く。

寺の様なり。部隊が居る。

前にチマキを売つてゐるのを伊藤氏が買ふて立喰す。〈笹巻〉と秋田では云ふ由、内地とそつくりだとよろこんでゐる。

[※4]小生自重して喰はず。糯米の原形が見える。故郷のチマキより少しく[redacted]いやうな気がする。

蛇山の果のところに柳の美しい街路があり、しばらく歩いて一軒の茶店に憩ふ。月餅様のものを喰ふ。

店の夫妻おきぬけで、眼をこすりながら、魔法瓶から茶を入れる。月餅うまし。

駅に行つて見ると兵隊が並んでゐる。乗車券に認印が要る由、しばらく並ぶ、其間に交替でコレラの注射を受ける。

1020分発車、列車は大半は腰掛がないが、隅の一隅の坐席を得て腰をおろし一服す。

沼の蓮が花をはり、萎みかけてゐる。

日輪だらりの季節になつたと深く秋を知る。軍馬を沢山放飼の処あり。

車窓の風物次第に変り行く。蓼の一種だらう、アカノマンマが美しい。ワレモコウがゆらいでゐる。鈴成桔梗とでも云つた紫の花もある。

野生の朝顔。[※5]

[※6]水田は例のハサミ取つてその後に自成する二毛作だ。

紙坊といふ処あり。

丁度関ケ原の近処の感じで、伊吹山のやうな山がある。山腹に小さな一祠堂が見える。

関ケ原を堺に風物が激変する。

山に笹があり、樟の木が見え、真赤な実のなる樹あり。うるしあり。三葉の楓あり。間に芭蕉、櫟櫨等が生えてゐる。

何といふ駅か忘れたが、小さな駅前の民家で五六才の女の子が煙草を吸つてゐるのが愛らしかつた。時々むせて笑ふのである。親達は靴を縫つてゐる。副業だらう。大勢寄つて来て兵隊達を取巻いてゐる。

咸寧で伊藤氏　赤飯を六包買ふ。暖く甚だうまし。パンを齧りながら来たが、一時に満腹感を味ふ。

鉄橋にかかる。
※7陸水川幅１００米もあらうか。清んだ全く美しい川である。こんな川を久しく見慣れぬのでわくわくする。
蒲圻である。城壁の町も美しい。

列車が調子がよいので今夜中に岳州に到るさうである。
※8伊藤碧水からもらつたといふ飴と落花生と[redacted]酒を飲む。
夕暮となる。雨が降って来る。

雲渓といふ駅の辺りにて、どうも地雷が敷設された模様だからといふので停車、バックする。

窓外に夥しい蛍が飛んでゐる。大きい蛍だ。

一時間位の停車の後　動き始む。

岳州着[※9]一時頃。模様[※10]が違ってゐて岳州駅とは思へない。

やうやく岳州なることを確め、百田、伊藤両氏を案内して闇の中を報道班にたどりついた。眠ってゐる兵隊をおこして一泊をたのむ。

浅野上ト兵也。顔に記憶あり。

◎十月六日、日記は再開する。すでに秋色濃い時節である。六日、七日は漢口から洞庭湖の東端の岳州までの移動の記録だ。六日は明日出発というので別れの宴である。同行は伊藤永之介、大東亜省軍政部の松尾という人物、百田宗治の三氏の予定である。ただし松尾氏は出発までに間に合わなかった模様である。

七日、列車に朝から夜中まで乗り、やっと真夜中に到着した岳州は戦火に破壊しつくされ、檀の記憶にある岳州でない。この廃墟同然となった町が強い印象を与えたらしく、同行者・伊藤はノートに詳述し、百田は「岳州行」という著作にその様子を書きのこした。

岳州駅から懐中電灯で照らしながらようやく探し当てた軍の建物には、疲れ果てた兵隊たちが大勢隙間なく眠っていた。その間に潜り込んでようやく眠りにつくまでがこの二日間の記録である。

※1「岳陽秋月」　初出は「現代」一九四五年二月号。『檀一雄全集』にも収められている。

発表時「佐藤春夫先生に」という献辞が添えられた。日本を七月に出発する際、佐藤春夫から贈られた詩「折柳曲」を日記の冒頭に記したが、今度は「先生の詩にあった洞庭湖におります」と自作の詩を返歌として書いたものか。

題の「岳陽秋月」は、檀の憧れた瀟湘八景のひとつの景「洞庭秋月」をふまえたものだろう。

近代の作家に、瀟湘八景の変奏がまだ続いていることを思わされる。

岳陽楼に登り、一千余里とも思えるような雄大な洞庭湖に降りそそぐ月光を目にした詩の表現は、有名な李白の「静夜思」の冒頭「牀前　月光を看る／疑うらくは是　地上の霜かと」と通じているようだし、月光が洞庭湖にあまねく降りそそぎ水面が白くきらきらする、そうした月光の美しさは、『花筐』にも「雪夜のように白い月光」という表現があるように、檀の作品の大切なモチーフだ。

『リツ子・その愛』にも、石神井の住まいでリツ子と月光の降りそそぐ家の中を歩く甘やかなできごとが記されているほか、檀の墓碑銘となった「石ノ上ニ雪ヲ／雪ノ上ニ月ヲ／ワガ　コトモナキ／シジマノ中ノ憩イ哉」（『火宅の人』「風の奈落」より）などにも顕れる、静謐な月光の美しさは、檀の詩心の、浪漫的な核であろう。

※2 **「松尾氏」**　大東亜省軍政部の松尾氏（伊藤永之介ノートより）。

※3 **「七時半の始発に乗る」**　広大な揚子江を挟んで、漢口の地域と武昌の地域が向かい合っている。南へ向かうためには、まず揚子江を船で渡り、武昌に到着後粤《えつ》漢線（鉄道）の

駅へ向かったと思われる。

※4　「小生自重して喰はず」　発車を待つ間に伊藤永之介が買った「チマキ」を自分は「自重して喰は」なかったのは、六日まで檀が腹をこわしていたという伊藤ノートの記述と符合する。伊藤ノートには、中国のこの食べ物が伊藤の故郷秋田の笹巻によく似ているため、懐かしさにあふれた文章が見られる。

※5　車中の描写について、伊藤ノートには、中国大陸の人、日本人、朝鮮半島の人々などさまざまな乗客で混み合う様子が、さながら悲喜交々のドラマのように描かれている。それに対し檀は主として車窓風景を記している。大学卒業後、満州を放浪したり、大陸の旅をしてきた檀は、大陸にさまざまな国籍・境遇の人々が列車に乗り合わせるのを経験してきたためか余り書かず、風景や植生、産業などを記す。

※6　「水田は〜二毛作だ。」　紙坊という駅のあたりの水田の二毛作を見ての檀の様子は、伊藤ノートでは次のように記されている。

＊＊＊＊＊

耕地は主として水田で、第二作の稲が実りはじめてゐた、しかしその稲の中には普通の草丈をもつたものと極めて短くて黄色く熟期に達してゐるものとがあつた、檀君はそれを指して「これは、稲を刈つたその刈株から出た芽が育つたものですよ、そら、根の方に旧い刈株が見えるでせう」と窓から身を乗り出しながら言つた

＊＊＊＊＊

※7 **「陸水」** 揚子江の支流の川の名。

※8 **「伊藤碧水」** 伊藤ノートに「三貴洋行の伊藤氏」と書かれた人物。第六章の※11参照。一行は伊藤碧水氏に差し入れてもらった飴や落花生などをとり出して食べている。伊藤ノートでは、その菓子などを同乗の現地の子どもに分けてやっている。

※9 **「岳州着一時頃。」** 夜中の一時。

※10 **「模様が違ってゐて岳州駅とは思へない。～顔に記憶あり。」** 岳州駅とその周辺が爆撃で破壊され廃墟のようになっていて、一度岳州に来たことのある檀にも「岳州駅とは思へない」のである。岳州への爆撃の凄まじさに風景が一変していたのである。おまけに真夜中一時の到着で、灯りもないことでさっぱり見当がつかない。真夜中の闇のなかを懐中電灯の光を頼りに予定していた宿泊場所を探して歩くが、破壊されつくした街では手がかりもなく、迷うばかりである。歩き回ってようやく、行先の建物を発見しそこにすがるように泊るという、一時頃駅に到着してから眠るまでの出来事を、檀は至極あっさりと書いているが、相当に大変な道中であったらしく、同行者はそれぞれ克明に記している。まず伊藤ノートから、少し長いが引用する。

＊＊＊＊＊＊

「さあ、支度をしないといけませんよ」と檀君に言はれて、まだ半ば眠つてゐた自分はあはてて鉄砲や雑嚢を棚から降ろしはじめた、ホームは真暗であつた、そしてどこにも建物らしいものも見あたらなかつた、「岳州かな、×××かな」と檀君もうろ〳〵した、一ケ月前檀君が来たときは汽車は五柳牌（?）までであつた、しかるに自分は[redacted]県農産公司の武田君（秋田の大曲の人）から岳州まで行くと聞いてゐた、やがて「やはり岳州だつたです、全然変つてしまつてゐるんで」と檀氏は言つてあちこち立つてゐる兵隊に兵站と停車場司令部を聞いたが、誰も知らなかつた、腕時計を見るとちやうど真夜中の十二時であつた、やがて檀君はひどく興奮のていであちこち気ぜはしくたづねあるいてゐたが

「分りました　分りました」と言つて、どん〳〵懐中電灯の光りを便りに歩き出した、猛爆撃で滅茶苦茶に吹き飛ばされた建物や樹木の残骸が、懐中電灯の弱い光中《（※ママ）》のなかに亡霊のやうに浮んだ「僕の[redacted]懐中電灯は怪しいんで」といふので専ら自分の電灯で歩いた、旧里の野つぱらのやうなところを進んでゆくが、それが道路だといふことだつた

「自分も最近来たばかりでわからないが、ここを真直に行つて、どんと突きあたつて右にずつと行くと連絡所があります」といふ兵隊の言葉で、檀君は初めて「ああ、分りました〳〵」とどん〳〵歩き出した、やがて路はでこぼこの烈しい石だたみになり、両側に家があらはれ出したが、どの家も壁が落ち、天井のぬけた廃墟であつた、人の気配もなくしいんとして無気味であつた、ただ時々兵隊のざく〳〵といふ靴音がきこえるだけであつた、

突きあたつて右の方にしばらく行つても依然として潰滅した家ばかりであつた、「前に飛行機のプロペラが出てゐるんだが」と檀君は左側の家ごとに電灯を向けてあるいたが、その家を見つけ出すのには容易でなかつた、「ここです」とやうやく一つの家屋のなかに入つたが、やはり毀れた家で、なかは荒れはてた物置みたいで人影もなかつた、檀君は物かげに電灯を向けて「若

しく〳〵お願ひします」と声をかけた、しかし返事はなかつた、自分も電灯を向けると、一人物かげに白い布団にくるまつて寝てゐるらしかつたが、容易に眼をさましさうになかつた、奥の階段を檀君は上つて行つた、
二階には床上二尺ぐらゐの高さの寝所が両側にあつて多勢の寝姿が見えた、「そつちに報道班の方がゐます」と左側の方から声があつて、やうやく檀君はその反対側の片隅の方に声をかけた「おやすみのところ済みませんが、陸軍の報道班員の者三名ですが、お願いします」やうやく一人が上半身を起して（疲れて寝てゐるから、なか〳〵起きないだらうがと反対側の人は言つたが）その横のわづかに明いてるところを我々に示してくれた、その一人分ぐらゐの隙間に我々は横になつた

＊＊＊＊＊＊

次に同行の百田宗治の、一九四六年刊行の作品集『山川草木』（一九四六年　白都書房）所収、「岳州行」の記述を引用する。

場面は揚子江ホテルの檀の部屋に泊るところから始まり、渡船で揚子江を渡り、列車に乗り、岳州駅に着くあたりから引用する。

＊＊＊＊＊＊

趙季橋を過ぎてから、前面に地雷埋没の情報がはいる。一時間近く停車、城稜磯《ジヤウロギ》で入れ換へに三十分、夜半の十二時をすぎてやうやく岳州に着いた。

檀君に起こされて急いで下りたが、まつくらでまるで見当が付かない。兵隊たちが右往左往し

てゐるうしろの方で、女軍を連れた例の軍属が大きいドラ声をふりあげてゐる。駅の司令部の所在場所をたづねても一向判然しない。檀一雄は以前に一度来てゐるので、とにかく夜目に見当をつけて、報道部のあるらしい方角に向つて歩き出した。

停車場らしい建物などはどこにもなく、いつの間にか吾々三人は原つぱのやうなひろい道路のまん中を歩いてゐるらしい。二人の懐中電灯をたよりにして、ところ〴〵に大きい水たまりのある道をまつすぐに見当をつけて行く。私はどうかすると二人よりも足が遅れがちになるが、こんなところではぐれてしまつては大変だから、つとめて早足に歩いて二人の後にくつついて行く。

やがて両側に家屋らしいものゝあるところに出る。とき〴〵懐中電灯の光で、支那家屋の抜かれた天井や、こはれた煉瓦の堆積などが眼にはいる。屋根がけし飛んで、柱だけが鋒のやうに残つてゐる家の壁に黒く大きい影が動く。

今まで来たひろい道路の突当りらしいところを右に折れる。報道部の建物は左側の角に立つてゐるといふので、凸凹の石だゝみの道路を左側ばかり気にして歩く。やがて一箇所灯の洩れてゐる家があつて、その前を通ると、思ひがけず日本風の障子が嵌まつてゐたりした。障子超しの灯火が敷石のぬかるみ道をほんのりと照らし出してゐる。その中で誰かこそ〳〵話し合つてゐる気配もする。翌くる日その前を通つたら、憲兵岳州隊本部の白い標札が貼り出されてあつた。

やうやく報道部の建物を探し当てた。階下の板敷きの床の上に誰か寝てゐる様子だが、どんなに起しても起きない。やむなく二階の宿舎へ上がつて行く。そこでも両側の床に何人かが寝そべつてゐるらしいのだが、これも仲々起きる様子がない。旭集団の者だといふ人がやつと起き出して、あの柱の向ふ側に寝てゐる人を起しなさいと言つてくれる。やうやくのことで上等兵が一人起き出して、私たちのために無理遣理にその辺を掻きわけて寝る場所を作つてくれる。そこへまた私たちのあとから汽車を下りた漢口の報道部の赤木君が息せき上つてくる。この人は自動車隊で、これから前線の原隊を追求して行くのだといふ。

雨がまた蕭々と降り出し、小さい硝子窓越しにや、明るい空が僅かに見える。この空模様ではいくら岳州でも今夜は空襲を受けることはあるまいと安心して、上着だけ抜いで湿つた狭い寝床にもぐり込む。

＊＊＊＊＊＊

百田宗治（一八九三年〜一九五五年）は、大阪市生まれ、本名宗次。少年時代から詩作を始め、個人雑誌「表現」を創刊した。一貫して口語自由詩の作品を発表し、詩誌「民衆」を創刊、民衆詩派と呼ばれたが、のち俳句精神を重んじた作風やモダニズムの詩風へと変化した。

アジア・太平洋戦争開戦後は日本少国民文化協会顧問となり、報道班員として派遣された中国の武漢では、俳句風、漢詩風の作品を執筆し、戦後は札幌に住んだ。

代表作として詩集『ぬかるみの街道』、詩集『何もない庭』などがある。童謡「どこかで春が」の作詞でも知られている。

両名とも、岳州駅で下車した後は、闇のなかの廃墟の街で、どこにあるか皆目見当もつかない建物を探して歩く不安と、壊滅的な岳州の状況に驚きを隠せない。

戦火に破壊されつくした、名勝岳州。僅かに残った建物に、疲れて泥のように眠る真夜中の兵隊たち。疲労のあまりゆさぶっても一向に起きない彼等の脇の小さな隙間に潜り込んで眠りに落ちる報道班員たち。

「生命が朝夕交替するところには、紹介も何もないようだった。迷いこんできたものを、怪しむものは一人もない。消えてゆくものも、やっぱり同じことだろう」（「照る陽の庭」）と檀が書いたような、戦地の現実である。

十三　十月八日〜十月十日
岳州、岳陽楼

十月八日
早朝百田・伊藤両氏を伴ひ磯伝ひに岳陽楼[※1]に行く。
例[※2]によつて蹄鉄や米等が散乱してゐる。楼に上る。
（※欄外）巴陵[※3]時代の扁額あり。

曇天なるも、岳陽楼の俯瞰は素派らしきもの也。赤城[※4]正義兵長は永らく漢口の報道部に居つて、總前衛を編輯し居れる人なるが、此度命によつて前線に赴く途中、同じ列車にて昨夜到着 ここに一泊せり 衡陽迄同行を約す。これで道連が出来 心強し。

コースは出たとこ勝負にて行くことに決める。

午後百田、伊藤、赤城諸氏と滃湖畔[※5]に行く。萩季節を過ぎてやゝしぼみ、色悪し。

滃湖と洞庭の間を抜ける突堤は小生の自慢の地なれば来て見て胸がせいせいす。

僕戦死せば此処に詩碑を建ててもらひたしと提議す。

岸辺に筏あり、筏に横になりやがて泳ぐ。誠に気持良し。さして寒からず。

帰途、軍人会館と名のみ豪華なあばら屋で支那酒をのむ。

十月九日
散歩の帰途小畠軍曹、秋元兵長に会ひ、一緒に難民区※6に連れて行つてもらふ。

天守堂に行く。スペインの也。ローマ法王庁に属す。スペイン利権なるが法王庁利権なるか知らねど特殊保ごを受けつつあり。

教主（といふか何といふか知らず）歓迎して茶によばる。鉄砲巻のオコシ甚ダうまし。

スペインの下働の男二、それに司教が一、都合四名也。

教主はグレコの絵に似た美男子にてひげを蓄ふ。皆煙草を吸ふ。秋元兵長と支那語にて会話しをれり。

司教は一度日本に来たれる由。古きは在支三十年に達すと。

戦争で困るのは何だといふ問ひに、パンが喰へぬのと、コーヒが飲めぬのと、砂糖が喰べられぬこと也と。

八九才の童女が教主に椅つて甘えてゐる。孤児也と。修道院に入る由。詮無い。修道院に処女沢山ゐる由。

やがて礼拝堂を見、階上に上る。子供だまし也。屋上に上る。岳陽楼より高く眺望甚だ広し。秋元兵長三国志より続き具さに説明す。東亜同文書院※7の学生たる由。説明、甚だ要を得巧なり。

夜雑談中に爆音あり。空襲警報となる。

雨中爆音岳州を一旋回して去る。爆弾降らず。

深夜猪狩報道班長帰来。先程のはB29也と。疑はし。明日双[※8]十節なれば厳に警戒を要するやう命じて去る。

十月十日　雨。

雨中を難民区に行く。

[※9]西天仏祖を祭れる準提篭といふ祠堂にて[※10]難民の宴遊を行ふ。

小畠軍曹、秋元兵長　蓄音機を懸く。

相憎の雨にて参集者少けれど、子供大勢なり。

上村上ト兵といふ銀座〔浩一朗〕の息子さんとかがやつて来た。本日の立役者にて東京のステージにも立てる手風琴弾きなる由。一曲〔馬車は行く行く〕をはじめるや民衆手拍子、足拍子　首拍子にて誠に音曲の人を寄する驚くばかり也。

集る動員者は保安隊長、国民党員、空保隊長、将政府何々課長某々主任等。

頭上に黒鉢巻を巻くは何の風俗なるや知らねど湖南の男女に多し、天水を溜めて桶に入れる女。

[※11]太々に抱かれハモニカを手にした銀の首輪のヒ弱さうな子供。

[※12]一月前とうつて変つて大変な復興振りである。上村上ト兵は次々と流行歌をやつて人気をさらつてゐる。

両柱の対聯に〔一心斎戒賛美[redacted]、三度[redacted]〕とあり。

祠堂の正面に祭壇あり。木魚、鐘、線香立　蠟燭建等面白きものあり。

上村手風琴の間に蓄音機で梅蘭芳[※13]をやってゐたが、蓄音機はこわれて終つた。
（※空白ページあり）
（※縦書き）
九一戦隊[※14] 隼 魁 九一〇三部隊
磯の玉藻 くつきりと海の色が冴えてゐた。
朝8．30
（※漁夫のスケッチ　漁具の部分に「真鍮」とある）
焼きつくす真夏
灼かれては
血垂るれば垂　秋立つと
汗したたれば汗　つはものの
喰　西露■
岸辺の実　石よ
暮色　秋帆
今仰　はたためく
清波
天鳥山　行く雁
よし■の　昔聞

五湖
城壁
大和魂

奉
今興る
大きあぢや
東天のかげろひ
[redacted]
漾

[※15]袖交へし妹が戸さかり《※離り》
たらちねの父母を置き
子を思はず
家を忘れて
大君のまけのまに〳〵
ひたすすむ神のつはもの
乾坤の浮ぶといふや
洞庭
磯
岩

ふるさとを千里に棄てても
炎熱の
仇せずは敵
撃つべきは
家あらば
　畑
　神兵の[redacted]の

湖南ヲ沢国トイフ　　此処[※16]の鵯位の鳥は　パーコなり

銭起　瀟湘
水碧沙明両岸苔[※17]
　柳宗元
山[※18]々に鳥は杜絶えて　　千山鳥飛絶
道々を行く人もなし　　萬径人踪《※ママ》滅
寒げなる蓑の翁の　　孤舟蓑笠翁
独り釣る雪の江の舟　　独釣寒江雪

長城の柳の荒れて
秋陽哉

温庭筠 瑤瑟怨の詩
氷簟銀牀夢不レ成
碧レ天如レ水夜雲軽シ
雁声遠ク過二瀟湘一去ル
十二楼中月自ラ明ナリ
簑

※19巌頭に立ちて歌ふ
いはがねに 攀ぢて立てるは
東瀛の詩少年
月白く万波きらめき
痩身の風にゆらげど
大き意の歌なからんや
見はるかす※淼漫《びょう》の水
しろがねの光の湖《うみ》は

地にふさがり　天をひたし
滔々月をからめて
捻転す　号泣す　呻吟す

大き哉　冷《すさま》じき哉
遠き哉
千載のうらみの行衛
浩々洋々
汝が為に孤舟万里の情

きりぎりす　いたくな啼きそ
白露に宿る空蟬
諸共にあはれ知る身ぞ
いざ今宵　天心に月をかかげよ
我が持つは灘のうま《生》酒
汲め、盃に淼茫の楚思
飲み乾さん　千古の愁ひ

いはがねに攀ぢて立てるは
東瀛の詩少年
月白く万波きらめき
痩身の風にゆらげど
いはがねをくだきてゆくは
これやこれ長江の流れ

大楚　社長
莊四川

戦場は常住　凡人の学の機会だ

黄鶴楼

くれば
ありけん　立てば
歌の聖《ひじり》立ちけん岡に我がをれば　振
[redacted]し　けむかも
古の歌の聖も我がごとく
果なし小舟見はてけんかも
けんかも
洞庭に月吹落とせ夜半の風

赫江　「月は大江に湧いて 流る」杜甫

胡弓泣いて城楼をでる秋の人

（※新聞切り抜き貼付）

「大陸を犠牲化す 米の野望粉砕 中北支に明色甦る」「河南作戦の意義」

大本営陸軍報道部 福田篤泰氏放送[※20]

◎どうにか眠る場所を確保できた夜が明け、翌十月八日は朝から岳陽楼に出向く。伊藤ノートによれば、出かける前の朝食は、兵隊用の飯と汁はすでに空で、一行は周辺で食べ物を買って食べている。

この東洋の名勝地も、爆撃で荒れ果てた景色となっている。滃湖《ようこ》の突堤に立ち「僕戦死せば此処に詩碑を建ててもらひたし」と感慨をいだく檀である。

十月九日、十日は岳州難民区のスペイン教会と、難民区での双十節の祝宴の模様が綴られている。双十節の祝宴に日本の兵隊が蓄音機などを運び込み、薬品や菓子などをふるまったのは、宣撫政策の一環と思われる。

日記はその後、語句のメモや詩片などが記されて、終わっている。

※**1**「**岳陽楼**」　中国湖南省の史跡（建築物）。洞庭湖東北に立ち、洞庭湖、長江を望む大パノラマがひろがる。由来は後漢時代に遡るが、檀が訪れたのは清代に再建されたものと思われる。古来、孟浩然、杜甫などの漢詩で知られる。

※**2**「**例によつて蹄鉄や米等が散乱してゐる**」　磯伝いの汀にも、爆撃で吹き飛ばされた、野積みの雑穀が散乱していた。伊藤ノートによれば、
浜辺みたいないろ〳〵な小石のころがつてゐる汀には野積の雑穀や米の叺《※かます》が爆撃で吹き飛ばされ散乱してゐた、米は発酵してどろ〳〵になつてゐるのを靴の下に感じた、赫黒い崖の根もとにはいたるところに菰《※こも》がけの兵隊の小屋がかけられ、その暗い菰のかげに兵隊たちの姿が見え、シャツや褌が乾してあつた、崖の上あちこちの家屋は、一つ残らず爆破され、崖下のあちこちにも、大きな爆弾の穴があいてゐた
という惨憺たる有様が当時の岳陽楼だった。

※**3**「**巴陵時代**」　地名。岳陽楼のある地域は、宋代（南朝）から唐代にかけて「巴陵郡」と呼ばれた。

※**4**「**赤城正義兵長**」　伊藤ノートでは「赤木」と記されている。

※**5**「**滽湖**」　ようこ。冬から春にかけては水が涸れる湖という。唐代の詩人・張説は「滽湖山寺」などの詩に詠んだ。

※**6**「**難民区**」　第九章の※12参照。檀、伊藤、百田三者の遺した文章から察するに、戦火

に追われてひしめき合いながら漢口難民区と同じように商売で暮らす人々、建物の損壊の様子などが推測される。この日記にあるようにスペイン教会などの西欧の宗教施設もそれぞれの利権を持って難民救済のために存在したようである。

※**7「東亜同文書院」**　上海に本部を置いた日本の私立大学。一九三九年設立、終戦の一九四五年に廃止になった。

※**8「双十節」**　中華民国の建国記念日。孫文を中心とする革命軍が清朝打倒の武昌蜂起を起こした十月十日にちなんだ記念日で、辛亥革命につながるものであった。

※**9「西天仏祖を祀れる準提篭」**　インド（西天）の釈迦（仏祖）を祀る、準提観音（一面十八臂の仏母を表す仏像）の堂か。

※**10「難民の宴遊」**　双十節は各地で祝賀の催しが行われ、日本軍および関係者も難民区での祝宴に関わった。蓄音機を運び入れて流行歌のレコードをかけ、アコーディオンで場を盛り上げるなど娯楽の提供のほか、薬品の配付などを行った。さまざまな習俗の人々が集まって記念日を束の間楽しんだようである。

なお、伊藤、百田も双十節の祝宴についてそれぞれ記しているので、少し長いが参考までに引用する。

まず伊藤ノートから。

＊＊＊＊＊

十月十日、雨、（中略）九時ごろ小畠軍曹がポータブルをかかへて行くのに、自分は同行する、

すすめると百田氏檀君も尾いて来た、（中略）

準提庵には、日本の将校みたいな外套を着た保安隊長（この地区の顔役で大した勢力がある）局第一課長、併役長、区長（めがねの鯰髭の）空保隊長、（色の黒い太つた）などの地方要人があつまつてゐた、小畠軍曹のしきりに気を揉んでゐた金鶏山の部隊に出てゐるアコデオン奏きの上等兵が、しばらくしてひよつこりやつて来た、「おお、よかつた、待つてゐたよ」と絵書きの軍曹は言つた、やがてアコデオンを体をくらふせ、軍靴をぱた〳〵踏みながら上等兵は流行歌をやりはじめた、子供たちはその前のテーブルに顎を乗せまじ〳〵と見つめて聞き入つた、白髪の老人、雨に濡れた女兵保安隊員たち、天窓から落ちる雨が、下の大甕や桶にびしや〳〵と注いでゐた

双十節は辛亥革命下の武昌蜂起の記念日であつた、局第一課長が卓子の中央に立つて一場の挨拶をした、ひどく能弁であつた、百田氏が来賓を代表して、上等兵の通訳で挨拶した、合間々々にレコードをかけてゐたが、やがてそれが調子をくるはしてしまつた、半面に火傷みたいなただれの出来た若い華人が来て、やがてポータブルを分解して直した、子供らはレコードをそつと手で撫でてみたり、不思議さうに見入つた、小さい子供がタバコを喫つてゐた、兵隊が宣撫薬品の眼薬の箱包を華人に渡すと、華人は包みをほどいて、分けはじめた、たちまち子供も婆さんたちもひしめき合つて奪ひ合ひがはじまつた、上等兵が眼薬を二つ取つた子供の一つを取り上げてもう一人の子供にやつた、子供はうれしさうに手にもつてゐたが向うの椅子にゐる小畠軍曹が、それを取つて、箱のなかから取り出して子供の両方の眼に注入してやつた、するとそばにゐた保安隊

長がこれを借りて自分の眼に注入した、眼をぱち〳〵やつてゐた子供は、軍曹の手に眼薬がないのに気づいてうろたへてゐたが、保安隊長の手から戻つて来ると、やつと安心してにこ〳〵しながら人混みの中に入つて行つた、天窓から降りそそぐ雨がびしよ〳〵と甃に音をたてたやがて顔役たちが難民たちを追ひ出した、難民たちの不幸をなぐさめる催しと思つてゐた自分は、そこに要人たちだけが残つたのを見て、意外の感に打たれずにはゐられなかつた食卓が三つしつらふられ、料理の皿が運ばれて来た、蓮の実をすりつぶしてつくつた団子、豚肉の煮込み、茸と肉の料理、洞庭湖の鯉料理、小綬鶏と栗の煮込みは、ここいらでは滅多に出ない貴重な料理とのことだつた、第一課長が、湖北から来てゐる隊長を非難した演説をしたといふのでそれに同感した同文書院出身の上等兵が興奮して顔役たちと語り合ひ、調子に乗つて汾酒をどん〳〵飲んでへべれけになつてゐた、やがて雨のなかを三三五々戻つたが、（後略）

＊＊＊＊＊＊＊＊＊＊

次に百田宗治『山川草木』の「岳州行」から。

＊＊＊＊＊＊

男も来る。女も来る。頭布で頭を包んだ老婆もゐる。しかしやはり子供が一等多い。レコードのコンサートが終つて、上村君のアツコーデイオン弾奏がすむと、隣席の省政府の一要人が熱のある調子で一席弁じ、新任の保安隊の隊長といふ男が物馴れぬ様子で、しかし威厳をつくろつて短い話をした。そのあとで小畠曹長からの懇請で私が立上つた。通訳は秋元上等兵。子供に話すやうな調子で、日本に帰つたら、けふのこの双十節の愉しい集りのことを皆に話さう。みなの顔をよく覚えておいて、こんな人たちが集つてゐたと、一人一人のことをくはしく話さう。日本の兵隊はみんな子供のやうに正直だ。その日本の兵隊さんたちと腕を組んで、あたらしい岳州の復興に骨身を惜しまず働く皆さんのことを日本中の人たちに知らせようといふやうなことを言つて結んだ。それから子供たちに目薬と『文友』を一冊づゝ持たせ、希望者には小畠曹長が一人一人点眼をして遣つた。

　廟の中庭にはまだしと〳〵と雨が降つてゐる。雨に濡れて、保安隊のわかい兵隊たちが私たちに日本風の捧げ筒の礼をした。

＊＊＊＊

※11「**太々**」　既婚女性の尊称。夫人。

※12「**一月前とうつて変つて**」　九月に白螺磯を去り、一度岳州に訪ねていたか。

※13「**梅蘭芳**」　中国の京劇を代表する女形俳優。

※14「**九一戦隊　魁　九一〇三部隊　隼**」　自身の最初の配属先についての走り書きである。

※15「**袖交えし妹が戸さかり～神兵の■■の**」　このノートでは完結していないが、別に残されている「従軍中のスケッチ帳」Aに、似た詩が記されているので左記に掲載する。日記とスケッチ帳とのつながりを示すものである。

※以下、「スケッチ帳」A冒頭近くの詩。詩中の「李亀年」は、中国唐代、玄宗皇帝に仕えた音楽家。

袖交えし　妹が手離《※さか》り
垂乳根の　父母置きて
子思はず
家を忘れて
大君のまけのまにまに
ひたすすむ　神のつはもの

乾坤の浮ぶといふや
洞庭の湖の南
磯に触り
磐根をよぢ
ふるさとを　千里に棄てて
炎熱の　夏野をよぎる

行く雁よ　[redacted]に知らせよ
昔聞く　湖南の巷
李亀年の歌はなくとも
今興る　大きアジヤ

かげろひの　東天染めて
湖水の水にかがよふ
仇せずば敵には非ず
撃つべきはアメリカ奴と

家あらば
家をよけ
畑あらば　畑を廻りて
神兵の[redacted]のやさしさ

＊＊＊＊＊＊＊

※16「**此処の鶫位の鳥は　パーコなり**」「照る陽の庭」の「二」の「あの町のことでは、庭先に朝夥しいポーコーが啼いていたことを覚えている。」という文章と呼応する。同作「七」にも関連する部分がある。

※17「**水碧沙明両岸苔**」　書き添えてあるように中国の詩人・銭起の詩「帰雁」の一節である。

※18「**山々に～独り釣る雪の江の舟**」　唐代の詩人・柳宗元の詩「江雪」の日本語訳である。のちに講談社「現代」一九四五年二月号に掲載、さらに「檀一雄詩集」に収められた。従軍を延長してさらに南下してたどりつく柳州の地は、柳宗元が流されて住んだところで

ある。唐代の詩人へのオマージュが感じられる。

※**19**「**巌頭に立ちて歌ふ**」　揚子江の月に臨んだ「孤舟萬里の情」や湧き上がる「あはれ」を硬質の声調に託してうたっている。佐藤春夫の「折柳曲」に倣ったものとも思われる。巌を砕きつつ流れ止まぬ揚子江に、このさきの旅のイメージが喚起されるようでもある。

※**20**　日記ののちのこと　ここで日記は終わっている。これまで途切れながらも日記をつけていたのは、師・佐藤春夫が日記をつけなさいと助言したことが常に頭にあって「日記・日記、と絶えず脅えつづけて歩いていた」せいでもあるが、「旅とは己の心の平衡を匡すのだ、とはっきり自覚してからは、日記の幻影を、ようやくに振棄て」、ノートは南嶽までで放棄したと書いている。（『リッ子・その愛』）実際の日記は、ずっと手前の岳州で終わっている。第十五章■「従軍中のスケッチ帳」に記された詩句との関連②参照。

このあとの檀の旅は岳州から民船に乗って湘江を湘陰、長沙、湘潭と遡行しつつ南下してゆく。

ルートについて「出たとこ勝負にて（十月八日）」と書いているが、伊藤ノートによればこのルートを選んだのは空襲回避のためである。左に記す。

＊＊＊＊

（十月十日）

檀君は報道部の勤務から原隊の自動車隊に帰る兵長といっしょに汨羅《※べきら》まで汽車で行つて、衡陽に

行くことにしてゐたが、汨羅から新市への約三里間の連絡がないらしいことがわかつて、またトラックで長沙公路の道順をとることになつた　長沙公路は高低が烈しく、トラックが一度故障を起すと何十台となく後のトラックが動かなくなる、動かない車は押して上るが、その進行は遅々たるもの、お負けに空襲はこの公路をめがけて集中して来るので危険甚しかつたが、今はこの公路か舟で洞庭湖を行くか、いづれか一方よりなかつた

＊＊＊＊

毎日新聞の従軍記者だった益井康一氏は『大東亜戦史　第5　中国編』の「大陸の白い星」のなかで、岳州と衡陽の間の道は昼夜を問わず米空軍の火の雨が降り、空から狙われたトラックがいかに悲惨だったかを記している。

かくして、船で長江を遡り、戦争で荒廃しつくした瓦礫の町と、異様なほど美しい山容の下にのびる死屍累々たる道をさらに歩兵とともに南進する。そもそも後方からの食料補給もない中での陸軍の行軍は飢餓との闘いであること、自分が飢えずに済んだのは自由に現地住民から買うことのできる立場だったからと、檀はのちに記している。やがてようやくたどりついた柳州の司令部で参謀に告げられた言葉を「敗戦の唄」から引用する。

＊＊＊＊

「そろそろ、帰ってください。人にはいえないが、もうこれ以上長びくと、戦況がどうなるか保証できませんよ」

思いがけなくハッキリと、そういわれた。参謀はフィリピンの地図を鞭で指さしながら

「駄目です。全滅しました。あなたは広東に南下するといっていましたが、おそらく帰れませんね」

人けのない司令部の一隅で、参謀は日本の敗戦を予言するような口ぶりだ。

「しかし、他言しないでいただきたい。じゃ、なるべく早く、なるべく無事に帰ってください。幸福を祈ります」

＊＊＊＊

ここで檀はようやく踵を返し、日本へ立ち戻るのである。

振り返れば檀が日本を出発する時点ですでに北九州は空襲にさらされていたが、その一か月前の六月には、連合軍がサイパン島に上陸し、七月にサイパン島の日本軍が全滅、次第に日本各地への空襲が激化していく。敗戦の色濃いなか、報道班員といってももうその当初の意味は失われていたのではなかったか。

十四　従軍日記に関連する主な作品

■『リツ子・その愛』（初出：「旅立ち」は「女性改造」一九四八年十二月号、ほか各章別々に「人間」「改造」「作品」などに発表　一九四八年～一九五〇年）

佐藤春夫から贈られた詩のこと、律子と太郎を連れて福岡行の列車に乗る七月五日のくだりは日記そのままの部分もある。「二二」の飛行隊の記述も日記が元になっていることをうかがわせる。

■『長恨歌』（初出：「オール讀物」一九五〇年十月号）

一九五一年二月、『真説石川五右衛門』とともに第二十四回直木賞を受賞した作品。従軍画家を主人公として、戦時下に暗躍する諜報員を登場させて描くフィクションである。漢口や白螺磯の飛行場や、石黒敬七、渡辺はま子といった同行者の名も登場させている。

■「照る陽の庭」（初出：「文芸」一九四九年一月号）

全編、陸軍戦闘機隊での見聞を下敷きに、構築した小説。

■「落日」（初出：「群像」一九四九年十月号）

主人公が、岳陽楼に上った日のことを回顧するシーンがある。

■「燃える草舟」（初出：「新潮」一九五一年十月号）

戦時中の月光の洞庭湖を舞台にした小説。作中、「日記」に言及がある。

■「街を焦がす野火」（「別冊文藝春秋」第六十二号　一九五八年一月）

※《大地にさけぶ戦争小説》と副題あり
旅の後半、日記をやめた後の、凄惨としか言いようのない旅路における、いっときの出会いと死を描く。

■「海の光」（「文芸」一九四八年八月号～十月号に連載した「黄金旅行」を加筆改題「群像」一九五六年八月号に発表）
従軍画家を主人公にし、戦後すぐの混乱と戦争による憂愁を描く小説。

■「梨花」（「改造」一九五四年四月号）
旧制高校時代からの友人・内田がモチーフになった小説。日記中の奉天での妹・久美との暮しを思わせる部分がある。

■「敗戦の唄」（初出：「時」一九六三年八月号）
陸軍報道班員として出発するところから終戦の日までの出来事について記したエッセイ。

十五　日記に記された檀一雄詩作品（再掲）

■俳句

人待てば灼くか旅宿の蟬の声

（七月十五日、北京にて土屋文明・加藤楸邨・石川信雄（※延）へ）

雲飛んで遊子別るる秋の水
雲飛んで人別れゆく秋の江《うみ》
江上に人別れゆく秋に入る

（八月二十一日）

水栓の水洩るる儘（秋暮るる）

（八月二十三日）

江上に烏鷺交はりて誰の秋

（八月二十四日）

水浴びる父が見えるか（太郎さん）（月の中）
（八月二十八日）
爆撃の跡涼しげに野朝顔
やれ咲いた夜露の果の野朝顔
（八月三十一日）
空しく兵舎の中でフォーンと鳴つた
風琴の主ゐまさず秋たくる
（年月日不明、九月三日以降か）
長城の柳の荒れて　秋陽哉
（年月日不明、十月十日以降のメモ書き）
洞庭に月吹き落とせ夜半の風
（年月日不明、十月十日以降のメモ書き）
胡弓泣いて城楼をでる秋の人

（年月日不明、十月十日以降のメモ書き）

■短歌

歌人の千里を離れ行く道野辺の
名しれぬ（梢）（幹）は打てば響あり

みいくさに従ひ行きて異国の名しらぬ
幹を叩きて　叩き
（八月三十一日）

つつがなく帰り来まして
久方の空をせましとまた翔けりませ
（九月二日）

古の歌の聖も我がごとく
果なし小舟見はてけんかも
（年月日不明）

■詩

岳陽秋月

石ぶすまいらか破れて
たはぶるる月の影ぞも

おどろしきいねがての夢
二つ三つ裂くや夜の鳥

己が影踏みつ迷ひつ
きざはしを上りて立てば

洞庭の一千余里
凛々として氷を舗けり
（十月六日からの日記冒頭および「従軍中のスケッチ帳」Aにあり）

柳宗元
山々に鳥は杜絶へて　千山鳥飛絶
道々を行く人もなし　萬径人踪（※ママ）滅

寒げなる蓑の翁の　　孤舟蓑笠翁
独り釣る雪の江の舟　独釣寒江雪
（訳詩／『檀一雄詩集』ではタイトル「江雪」／年月日不明、十月十日以降のメモ書き）

巌頭に立ちて歌ふ
いはがねに　攀ぢて立てるは
東瀛の詩少年
月白く万波きらめき
痩身の風にゆらげど
大き意の歌なからんや

見はるかす淼漫の水
しろがねの光の湖《うみ》は
地にふさがり天をひたし
滔々月をからめて
捻転す　号泣す　呻吟す

大き哉

冷《すさま》じき哉
遠き哉
千載のうらみの行衛
浩々洋々
汝が為に孤舟万里の情

きりぎりす　いたくな啼きそ
白露に宿る空蟬
諸共にあはれ知る身ぞ
いざ今宵　天心に月をかかげよ
我が持つは灘のうま《生》酒
汲め、盃に淼茫の楚思
飲み乾さん　千古の愁ひ

いはがねに攀ぢて立てるは
東瀛の詩少年
月白く万波きらめき
痩身の風にゆらげど

いはがねをくだきてゆくは
これやこれ長江の流れ
（年月日不明、十月十日以降のメモ書き）

※『檀一雄句集』（皆美社　一九七九年）には、「昭和十九年　従軍中　二句」として日記に記されていない次の二句が収められている。
唐もみじ何處に雀が寄るのやら
洞庭の波に揉まるる月一つ

■「従軍中のスケッチ帳」に記された詩句との関連
四冊の「従軍中のスケッチ帳」（文中「スケッチ帳」とする）にも多くの詩句が記されており、未定稿のものや日記に転記して完成させたと思われるものなどさまざまである。

このうち以下四点について触れておく。

①土屋大尉への挽歌
第二十五戦隊土屋大尉の戦死について『リツ子・その愛』では、探索機が盛りの萩の花の中に墜ちているところを発見し、同乗した檀がその膨れ上がった腕を見て
萩原の萩をし巻ける我をかも

知らにと妹が待ちつつあらむ

とつぶやきながら死んでいるようだと書いている。萩の花を枕に逝く自分とは知らずに、妻が待っていることだろう、というこの歌は、万葉集の柿本人麻呂が死の直前に詠んだとも言われる鴨山の岩根し枕《ま》けるわれをかも知らにと妹が待ちつつあるらむ（巻二、二二三）の「鴨山」を「萩原」に、「岩根」を「萩」に置き換えたものだ。少し衒学的に見えなくもない。

一方、「スケッチ帳」Aには、白紙のページに

土屋大尉
洞庭の湖《うみ》遠白み萩原の
萩をし捲ける君が御手はも
白露の萩の香に染み久方の
光まばゆく天翔けりませ

と二首だけが記されたページがある。

これこそ真実の、パイロット・土屋大尉に捧げられた挽歌であろう。

②短歌や小説に織り交ぜられた「南嶽」の意味

「スケッチ帳」のCおよびDには、出発にあたって佐藤春夫から贈られた「折柳曲」への返歌

のひとつともいうべき

雁ならば帰りこそせめ歌よみのつはもの我は尚も越えゆく（C）

雁ならば帰りもせんよ歌よみのますらを我は尚も越えゆく（D）

の歌が記されている。任務が済んだら「身を鴻雁に托し速に」帰れと言った師の言葉に従うことなく「雁ならば帰りもしようが、強い意志で歌よみの自分は尚も山を越えて行くのだ」と決意表明している。この歌が書かれている場所はスケッチ帳の日付や地名メモから、丁度衡山周辺に留まっていた頃と推測される。

衡山は現在の岳陽市にあり、南嶽とも呼ばれ、回雁峰、祝融峰、紫蓋峰、岳麓山といった峰々があるという。回雁峰は、北から雁が飛来する南限という言い伝えがあり、そのことが古来漢詩に詠まれてきた。日記に記した銭起の「帰雁」もその一つである。瀟湘八景と南嶽は「平沙落雁」との関連など切り離せない地名である。（『瀟湘八景　詩歌と絵画に見る日本化の様相』堀川貴司　二〇〇二年　臨川書店）

それをふまえて右の歌に「回雁峰」を補って読んでみると、

「雁ならば〈回雁峰で〉引き返すところだろうが、強い意志で自分は尚も〈回雁峰を〉越えてゆくのだ」

と、歌の輪郭がはっきりする。

とすれば、『リツ子・その愛』に書かれた、南嶽に到って日記の幻影をようやくに振棄てたという記載も、ひとつ深めて考えなければならない。たまたま南嶽で日記をやめたのではなく、雁の飛来南限という回雁峰の故事に則り、故国へ自分をつなぎとめるものの存在する南限の地という意味に置き換え、そこで日記をやめたと書くことの中に、南嶽の故事へのオマージュが隠されているのではないか。つまり小説中、日記をやめる場所は、仮に事実は別であったとしても、南嶽でなければならなかったのではないか（雁は越冬のため、秋から冬に北方から日本に飛来する。この時の檀と日本との位置関係に合致しないが、「秋になると日本に雁が帰ってくる」という師の思いに沿ったものだろう）。

のちに『火宅の人』のなかに法華経のエピソードを巧みに織りこんだ檀である。日本浪曼派から出発した作家として古典作品に親しむことは自然なこと、むしろ昭和の作家のなかにこうした形で中国の瀟湘八景や故事が生き続けていることに注目したい。

③「**袖交えし妹が手離《さか》り…**」の歌
日記に記された詩「**袖交えし妹が手離り…**」に酷似した歌がスケッチ帳に見いだされることについては百九十ページに記したとおり。

④「スケッチ帳」Dの最終ページと裏表紙に見られる句歌などについて
未定稿と思われるが、状況を表す部分もあるので書き留めておく。
・最終ページの句歌など
我が征くと寝《ぬ》る夜の屋根のあられ哉

明日発つと寝《ぬ》る夜のいらか打つあられ　（※○印がついている。『リツ子・その愛』の「二一」
に、南嶽で知り合った中国人の友にこの句を贈るシーンがある）
鶏頭の末《本》葉枯れつつ日溜りに戎衣つづろふ
唐辛子赤く枯れつつ日溜りに
　　　　つづろふ衣色あせにけり
みいくさの野征き山ゆき破れ衣
　　　　我が手に綴る妹なしに
道濡るる桐の黄葉の過ぎるまま
敵こもるといふ辺りの山吹雪して兵は生木を
　　　　石臼にたく
出発の日の雪景色四人の来訪者
　　　　天井の薪
「おい何だ」
雨と思つたのに兵士の声は外から
「霰であります」

・裏表紙に記された句

ふるくにへ　我　行く道の雪明り
　　　　　　今日

「夕発つ」と添え書きされている。

十六　日記に書かれたこと

日記と言っても目の前の現実のどこを記録するか、取捨選択は必ずある。日記に何を書くかと並行して、「何を書かなかったか」も、考えてみなければならないだろう。

前にも引用したが、同時期の報道班員、伊藤永之介の「支那紀行ノート」や百田宗治の『山川草木』の記述を見ると、そのことを考えさせられ、日記というのはそういう取捨選択の結果のものと思うばかりだ。

檀の日記には湿っぽい郷愁や、愚痴、他人への非難、自分自身の苦労は書かれていない。例えば戦地の列車に乗り合わせた、国籍も貧富も異なる人々それぞれの様子を記録しなかった。すでに満州放浪などで見知ったことだったのだろう。それよりも車窓の風致を書いた。

集団生活する兵舎でもきっと諍いやいざこざも見聞きしただろうが、一切そうしたことは書いていない。

また例えば十月、武昌から列車で岳州に辿り着き、爆撃で廃墟と化した町の深夜、兵舎を探して必死にさ迷い歩く様子は、伊藤永之介や百田宗治の文章を見るまではその有様は想像できなかった。「模様が違つてゐて岳州駅とは思へない」と、あっさりと短く記すのみだ。細かいことは自身の記憶にある。

分け隔てなく人と接したという檀らしく、現地の人々に料理をしてもらうにも、魚の名を教えてもらうにも、筆致はただフラットで自然である。

もちろん「はじめに」で述べたように、陸軍報道部の検閲のもとで書かれた日記なので、書ける内容は厳しく制限され、検閲ではねられないような周到な配慮がされたのだろう。行間を読む或は言外の何かを探ることが必要になる。「書いていない」こともひとつの記録でもあるかもしれない。

むしろ日記で印象的なのは、戦闘の合間の、兵士たちが一青年として見せる微笑ましいばかりの若さや柔和さである。彼らは、調べてみれば皆航空隊のエースとか、卓越した操縦技術を持つパイロットとか、優れた整備兵とか、冷静かつあたたかい優れた上官といった「人材」なのだけれど、檀が書き残したのはそうしたオフィシャルな面だけでなく、戦闘隊員の生な人間の肌触りだ。

彼らは二十代～三十代の青年期で、日々空中の格闘戦を命を的にこなし、あるいは損傷の多い機体の整備に日夜従事し、情報をキャッチするために神経をすり減らしつつ、集団生活の厳しさのなかでもやわらかな心を失わなかった年若い人たちだったのだと、つくづく思い知らされる。

風景では何と言っても月光だ。檀にとって月光は特別である。福岡で出発の仕度をするのも月光の中だ。

兵舎での月光の中での水浴び、重爆機で移動する機上から俯瞰した夕暮れの武漢三鎮、揚子江の大魚と月光、そして月が太り出すと空襲が始まるという、現実。大陸の雄大な水面を照らす詩である月光と、生死を分かつ空襲の合図としての月光が、ここでは重なっている。

一篇の詩で始まった日記は、どこかで日本の古典の、例えば芭蕉の紀行文のスタイルを念頭に置いた詩日記であり、唐時代の漢詩人たちへのオマージュであり、風景記録であり、兵士たちの日常記録であり、陸軍飛行隊の戦闘記録であるという、昭和十九年の従軍の記録である。そともすると、無頼派と呼ばれ破滅型と呼ばれる作家は無頼のイメージだけに覆われがちだ。その放逸の側面と、兵隊たちのやわらかな日常を拾い上げていく繊細な視線、軍隊の厳しい目にも配慮しながらも文字を綴る意志、いかなる場所でも暮らしていける強い生命力が同居する、複雑な人間のありようを日記は教えてくれる。

揚子江の大魚を地元の人に料理してもらうシーンや、スケッチ帳の「戦時下の子供」の絵を見てほしい。檀が戦後、内外問わずどこへ旅しようと、どこへ住もうとその土地の人々に親しまれて友人になってしまう人となりを思わせるようだ。

のちの檀一雄のさまざまな著作へつながる萌芽も、読み取ることができる。

一方、日記を閉じたあとの旅へ、背中を押したものは何だったのだろう。

戦闘隊で戦死者が重なるにつれ、いたたまれない思いがあって、とにかく旅へと駆り立てられていく。日本人であれ中国人であれ、何のために戦っているのか、もはや何を「報道」するのか、という思いもあったろう。

旅は従軍の延長という形をとりながら、さらに南へと進む。本当は従軍であろうと自主的な旅であろうと檀にとっては同じことであったかもしれない。強健な身体と精神力をもって従軍の旅さえも咀嚼し、見ようとしたものは何だったのか。

ただ、従軍を延長してまで旅を続けた心は、復員してみるとまた大きく揺さぶられることになる。

『リツ子・その愛』の「三」には、復員の報告に上京する列車から、どこもかしこも焦土と化している国内の状況を見て、深い悔恨に愕然とする記述がある。

「が、これはどうしたことだろう？　と内地の焼土を眺めて、不思議な追いつめられた、慚愧の感情になぐりつけられる。大阪も焼け、名古屋も焼け、静岡も焼けているのである。静岡は、まだ燃え残りの家、柱がくすぶっていた。女が呆然と大皿を抱えて立ち、子を負い、髪をふりみだして立っていた。

己の確立などという、甘い、たわけた妄想の段ではない。遅かった。どうするのだ？　とひとしく今日に生を受けていながら、この未曾有の頽廃を支えとめ得なかった己の怠慢に、焼きつくされる心地である。」

国土は焦土と化し、妻は子を抱えて病床にあった。空襲は続いていた。

とりかえしのつかない思いに苛まれている。

日記の肉筆の文字は、こまごまと几帳面に紙面を埋めながら決してとどまることのないスピード感や流動性に溢れている。よく見ると、ひとつひとつの文字は風の中の木のように吹かれていて、どこか一抹の寂しさがある。清々しさと一体になった寂しさがそのまま、次の行へ、次の行へと旅を続けているように見えてくる。

十七　従軍中のスケッチ帳について

少年の頃画家になることも考えていたという檀一雄は、従軍中のスケッチ帳を四冊遺している（山梨県立文学館寄託資料）。仮にA～Dとすると、

スケッチ帳A　14・8×22・5cm
　　　　　B　19・5×26・5cm
　　　　　C　19・5×14・3cm
　　　　　D　19・0×14・5cm

というサイズの小さなノートである。

縦横は自在に使っている。筆記具は鉛筆が多く、彩色は色鉛筆や墨、水彩絵具が時折使用されている。

スケッチは全体で一九四四年八月頃から一九四五年四月に及ぶ。漢口へ向かう頃から帰国前までということになる。

うち八月頃から十月初め頃までは日記も存在するので並行して書かれたと考えられる。日記が途絶える十月十日以降はスケッチ帳だけが足取りとその目で見たものを伝え、日記を補うものになっている。

判読できる日付と場所から足取りをたどってみると、

A　冒頭の詩

八月八日　黄岡・倉子埠
（日付なし）　南京偕行社横
（日付なし）　壮烈十勇士の墓
八月二十九日　別府隊
　土屋大尉への挽歌
　白螺磯兵舎
　岳陽秋月の詩
　灉湖
　岳陽楼

B

十月十六日　湘陰
十月十七日　湘陰
　同右　長沙市街を望む
十月二十六日　湘潭
十月二十七日　易俗河
十一月三日　衡山（衡陽）

C

十一月十日　南嶽（焼夷弾投下／街炎上の音をききつつ）
十二月十日　南嶽出発

十二月十一日　二塘
十二月十三日　祁陽
　　十七日　零陵
一月三日　零陵
一月十日　興安県白沙輔
　　十六日　桂林
一月十九日　荔浦
一月二十一日　柳州（→ここで戻る）
一月二十六日　三門江渡し
　二十六日、二十七日　株州
四月七日　駐馬店
四月九日　新鄭駅
四月十日　黄河北岸
裏表紙「ふるくにへ帰りゆく」句

D

という足取りだ。それぞれの場所で、景色、植物、人物、生活道具や食べ物、中国の名勝などを描いている。広大な大陸の、スケールの大きな揚子江、行き交う民船、夕暮れの壮大な眺めなど、画家を志したこともある檀にとっては描かずにはいられなかったものだろう。絵に添えて、米空軍機の爆撃の様子なども記されている。

檀が帰国したのは一九四五年五月であるから、これ以上進むと帰れなくなると告げられた柳州を折り返し地点として、そこから帰国まで約四か月を要したことになる。

スケッチ帳には、絵のほかに日記に書く前の下書き、聞き書き、人名などがさまざま見いだされる。取材ノートでもあったようだ。日記よりもじかな情感にふれる、生な記録と言ってもよい。絵は数点を口絵として掲載した。

派遣延長で従軍した部隊の手がかりもあるようだ。

あとがき

檀一雄の生誕一〇〇年の年、つまり二〇一二年のこと、私は生誕一〇〇年記念の展覧会を開く準備のため山梨県立文学館を訪れました。檀一雄が生まれたのは父親の仕事の赴任先である山梨県なので、山梨県ゆかりの作家の一人として文学館に資料が沢山収蔵されていたのです。大切に保管された資料を見せていただく機会に恵まれ、そのなかに従軍中の日記がありました。展覧会ではこのノートを拝借し、『リツ子・その愛』にそのまま使われた箇所などを展示し、一部を翻刻することができました。

色紙などでは躍動するような文字を見ることがありますが、日記の檀一雄の文字はもっと細くたんねんに、なおかつ流れるような速度をもってノート一杯に書かれていました。少しの時間では読めないと思いました。それにこれは、山梨県立文学館の皆さんが厳重に守っていらっしゃる資料で当然ながら制約があります。すぐに破れてしまいそうな脆いものでもあります。

終戦から八十年が近づき「戦後って何戦争の後のことですか」「どこと戦ったのですか」と問う人もあるといいます。私が生まれたのは終戦から十余年後、昭和三十年代ですがまだ「傷痍軍人」という人がおり、戦時中の苦労を話す大人が沢山いた頃でした。昭和三十年代は日本が高度成長した時代とばかり言われますが、戦争を経てきた人が大部分で、何も語らずとも大人たちの記憶にはそれぞれの戦争がありました。何しろシベリア抑留から舞鶴港へ、最終の引き揚げ船が着いたのは昭和三十一（一九五六）年十二月だったとも聞きます。海外各地からの帰還は継続していたのでしょう。大人たちは自分たちが味わった苦労を子どもたちにはさせまいと一所懸命に働いていました。戦争はそんなに遠いことではなかったのです。

戦後八十年が近づき、今のうちにこの日記全文を翻刻してみたいという心が兆しました。

日記は檀一雄特有の書き癖がある上に、戦時中の走り書きで、読みにくいものです。けれども明治生まれらしく崩し字のルールを守り、文章自体は揺るぎなくきっちりしています。日記文とは思えない部分もあります。

翻刻と出版を、著作権継承者様をはじめご親族や資料の収蔵館がお許しくださったことは本当にありがたいことでした。感謝しかありません。

はじめて日記を見てから十年以上も経ってようやく、向かい合うことができました。

「最後の無頼派」檀一雄の従軍日記なのだからもっと赤裸々な軍隊生活が書かれているはずと思って読むと、何か物足りない感じが残る方もいらっしゃると思います。「はじめに」に述べたように、従軍日記は軍の制約の下にしたためられたものですが、それでも戦地の悲痛はしんしんと伝わってきます。作家としての高揚感も伝わります。檀一雄を知る多くの人々が語るように、分け隔てのない快活な人柄だからこそ知り得た兵士の素顔が、作家の筆によってまさに「記録」されたのです。

そういうなかで、日記の空白期間の足取りや、事実から何を取捨選択したかは、同時期派遣の作家・伊藤永之介氏のノートや詩人の百田宗治氏の著書を参照するうちに浮かび上がってきました。

伊藤永之介氏の従軍ノートは非常に細かな字でびっしりと紙面が埋めつくされている綿密この上ないノートです。ご遺族が保存されたのち、ふるさと秋田の秋田県立図書館に保管され画像が公開されていたことは幸いでした。

伊藤永之介氏の文章は、細部まで克明でリアリズムに徹し、その几帳面であたたかな人柄や、農民文学を拓いた作家ならではの土の香りのするような優しさがうかがえるものでした。

百田宗治氏の一冊は、児童文学者で詩人らしい、大陸各地の風物をエキゾチズムをもって詠んだ詩と、日記からの文章を合わせたもので、童謡「どこかで春が」の作者らしい、ゆったりした日本語の簡古な声を聴くようになりました。


その他多くの方のご著書から、日記を読み解く手がかりをいただきました。


檀一雄の従軍日記は、文学者・檀一雄の足跡を知る資料であり、中国大陸に展開した陸軍航空部隊の様子を知る手がかりでもある、貴重な資料です。

今後、各分野の専門家の方がいろいろな視点からこれを読み解いてくださることを願っています。

大陸打通作戦に多くの犠牲を払ったにもかかわらず、Ｂ29は大陸だけでなく南方からも飛来し、本土空襲を防ぐことはできませんでした。檀一雄のいた第九戦隊も第二十五戦隊も多くの方が命を落とされました。

国籍や敵味方関係なく、もし戦争がなく彼らが皆生きていたら、現代はどんな世になっていただろうと思います。

従軍日記を読み解くという行為のなかに生まれたのは、読み解くことが戦争で苦しみと悲しみを負ったすべての方々への祈りに等しいものでありたいという思いでした。日記も、従軍スケッチ帳も、現代に何かを伝えるために生き残り、ようやく口を開きはじめたような気がしています。


そして檀一雄様、戦地の重い体験を背負いながら帰還なさったあと、故国とご家族の状況に直面した無一物とも言える日から立ち上がり、戦後の作品を生み出された力を、従軍日記を読んだことでより強く感じます。

また、『リツ子・その愛』には従軍中の南嶽で「劉止戈」（「戈《ほこ》」を「止」める）という名の友人が登場するシーンがあります。彼の名、戦争を嫌っているという彼のセリフ、戦争が終わったら静かに花を作って暮したいという彼の希望、これらの中にご自身の思いがそっと託されているとも感じています。

改めて、この世に遺したこの日記を天界からご覧になってどのように思われますか。
日記はかなしみの筥《はこ》でしょうか。
それとも、おびただしい蛍が明滅する無音の闇のようでしょうか。

■謝辞

この稿をまとめるにあたり、檀一雄著作権継承者様をはじめ、ご親族の皆様、日記資料のご所蔵館、関連する資料のご所蔵機関、引用文の著作権継承者様、陸軍戦闘機隊のご研究者様など、左記の皆様に大きなご協力を賜りました。お名前を記すことのできなかった方々を含め、深く感謝申し上げます。(敬称略、順不同)

檀太郎　伊沢保穂
長尾　忍　善養寺幸子
高岩　震　堀川貴司
笠　耐　百田　仁
長尾貴代　秋田県立図書館
山梨県立文学館　株式会社　大日本絵画
北九州市平和のまちミュージアム
東久留米市立中央図書館

伊沢保穂氏は二〇二四年五月十三日にご逝去されました。謹んでご冥福をお祈り申し上げます。

編集にあたり、新潮社図書編集室長の橋本恭氏、各ご担当の皆様にも細やかなお力添えをいただきました。御礼申し上げます。

最後に、故・檀一雄様へ、深く謝意を表します。

主な参考文献等（発行年順／「年」を省略）

■書籍等

『時間表』第十六巻第十号　一九四〇　ジャパン・ツーリスト・ビューロー
『満州支那　汽車時間表』第十一巻第七号　一九四〇　ジャパン・ツーリスト・ビューロー
『山川草木』「岳州行」百田宗治　一九四六　白都書房
『秘録　大東亜戦史　大陸篇』田村吉雄・編　一九五三　富士書苑
『大東亜戦争全史』第五巻　服部卓四郎　一九五六　鱒書房
『高見順文学全集』第六巻「昭和文学盛衰史　第二十五章　徴用作家」高見順　一九六五　講談社
『高見順日記』第二巻ノ下「銃後のたたかい(2)」「渡支日記」高見順　一九六六　勁草書房
『佐藤春夫全集』第一巻　佐藤春夫　一九六六　講談社
『現代日本記録全集　第22　戦火の中で』入江徳郎・高木俊朗対談「戦火の中で」高木俊朗・編　一九六九　筑摩書房
『大東亜戦史　第5　中国編』責任編集池田佑　一九六九　富士書苑
『中国方面陸軍航空作戦』(戦史叢書)　防衛庁防衛研修所戦史室・編　一九七四　朝雲新聞社
『日本陸軍戦闘機隊　付・エース列伝　改訂増補版』秦郁彦・監修、伊沢保穂・航空情報編集部・編　一九七七　酣燈社
『火宅の母の記』高岩とみ　一九七八　新潮社

『新聞記者が語りつぐ戦争 6』 読売新聞大阪本社社会部・編 一九七八 読売新聞社
『檀一雄句集 モガリ笛』檀一雄 一九七九 皆美社
『くずし字用例辞典 普及版』児玉幸多・編 一九八一 東京堂出版
『第二次大戦航空史話』秦郁彦 一九八六 光風社出版
『帝国陸軍編制総覧』外山操、森松俊夫・編著 一九八七 芙蓉書房出版
『陸軍航空隊全史』木俣滋郎 一九八七 朝日ソノラマ
『評伝 火宅の人 檀一雄』真鍋呉夫 一九八八 沖積舎
『人間 檀一雄』 野原一夫 一九九二 筑摩書房
『陸軍航空の鎮魂 総集編』陸軍航空碑奉賛会・編、発行 一九九三
『第二次大戦米陸軍機全集』航空ファンイラストレイテッド 94-2NO.74 三井一郎・編 一九九四
文林堂
『唐詩選』上・中・下 前野直彬・注解 二〇〇〇 岩波書店
『定本 佐藤春夫全集』第二巻 佐藤春夫 二〇〇〇 臨川書店
『航空隊戦史』木俣滋郎・河内山譲ほか著、近現代史編纂会・編 二〇〇一 新人物往来社
『瀟湘八景 詩歌と絵画に見る日本化の様相』堀川貴司・著、国文学研究資料館・編 二〇〇二
臨川書店
『歴戦1万5000キロ 大陸縦断一号作戦従軍記』 藤崎武男 二〇〇二 中央公論新社
『陸軍戦闘隊撃墜戦記』1・2 梅本弘 二〇〇七・二〇〇八 大日本絵画
『中国的天空』上・下 中山雅洋 二〇〇七・二〇〇八 大日本絵画

『檀一雄　言語芸術に命を賭けた男』相馬正一　二〇〇八　人文書館
『生誕100年　檀一雄展　練馬を愛した作家・詩人』二〇一二　練馬区文化振興協会
『ある昭和の家族「火宅の人」の母と妹たち』笠耐　二〇一四　岩波書店
『新編　中国名詩選』上・中・下　川合康三・編訳　二〇一五　岩波書店
『新潮日本古典集成　萬葉集』一・四　青木生子・井手至・伊藤博・清水克彦・橋本四郎・校注
二〇一五　新潮社
『角川新字源　改訂新版』小川環樹ほか　二〇一七　KADOKAWA
『日本軍用機事典　1910〜1945陸軍篇　新装版』野原茂　二〇一八　イカロス出版
『改訂新版　大日本帝国の海外鉄道』小牟田哲彦　二〇二二　発行・育鵬社　発売・扶桑社
『日本陸軍戦闘機隊　戦歴と飛行戦隊史話』秦郁彦・伊沢保穂・共著　二〇二二　大日本絵画
『檀一雄全集』檀一雄　一九七七―一九七八　新潮社
『檀一雄全集』檀一雄　一九九一―一九九二　沖積舎
『陸軍航空隊の記録』第一集、第二集　航空ファンイラストレイテッド　94-12NO.79/95-2NO.80
菊池俊吉・撮影　一九九四・一九九五　文林堂

■地図関係

「支那東部二百五十万分一圖」　一九三七　大日本帝國陸地測量部

「武漢三鎮ニ於ケル重要施設要圖」陸地測量部　一九三八　参謀本部
「南支那五万分一圖：岳州七三號」（白螺磯　湖北省　沔陽縣　監利縣・湖南省岳陽縣　臨湘縣）参謀本部陸地測量部　一九三八　参謀本部
「民國圖縮製南支那十万分一：岳州二三號」（岳州　湖南省岳陽縣　湘陰縣　華容縣）参謀本部陸地測量部　一九三八　参謀本部
「最新大奉天市街案内圖」鵜木常次　一九三九　満州日日新聞専賣所
「漢口―桂林航空圖　航空戰隊用百万分一航空圖」中三ノ九／校正刷　参謀本部　一九四四　参謀本部
『昭和19年の鉄道路線図と現在の鉄道路線図』および付属資料「鐵道案内圖」（木村文助　昭和19年刊の複製）二〇〇五　塔文社レトロマップシリーズ7
『日本鉄道旅行地図帳　満州樺太』（新潮「旅」ムック）原武史ほか　二〇〇九　新潮社
「最新　支那大地圖（附満州帝國詳圖）縮尺五百六十万分一」一九三七　一九四〇改訂　九段書房
「武漢三鎮詳圖」著者・発行年・出版社不明

■紀要、雑誌ほか

「新潮」第四十一巻　第七号　一九四四　新潮社
「檀一雄―文学の故郷　野田宇太郎文学資料館ブックレット3」（「兄・ダンカズオ」長尾忍、「筑後松崎一九四四年」高岩震、「『リッ子』の風景—小説『リッ子・その愛・その死』の舞台を歩く—」野田宇太郎文学資料館）一九九四　小郡市立図書館／野田宇太郎文学資料館
「丸」8月号　通巻118号（「ノモンハン事件従軍秘録　忘れえぬ古戦場　連載読切第一回」入江徳郎）一九五七　潮書房
「丸」1月号　通巻164号（「軍犬以下だった〝少佐待遇〟」小田嶽夫、「猛虎もネズミもいた〝帝国陸軍〟—四回にわたる従軍生活でつかんだ帝国陸軍の正体」入江徳郎）一九六一　潮書房
「群像」第56巻第9号（「文士と戦争—徴用作家たちのアジア」川西政明）二〇〇一　講談社
「資料と研究」第八輯　二〇〇三　山梨県立文学館
「北九州市立大学大学院紀要第29号」（「漢口難民区事情」王頴煜　整理・翻訳　鄧紅　解題・校正）二〇一六　北九州市立大学大学院
「近代文学論集　第四十八号」（「檀一雄・戦時詩の一特徴　佐藤春夫「折柳曲」への返歌、『従軍手帖』を参照して」浦田義和）二〇二三　日本近代文学会九州支部「近代文学論集」編集委員会

■ウェブサイトで公開されている文献、簿冊等

「国民徴用令・御署名原本・昭和十四年・勅令第四五一号」JACAR（アジア歴史資料センター）Ref.A03022379800、御署名原本・昭和十四年・勅令第四五一号・国民徴用令（国立公文書館）内閣　国立公文書館アジア歴史資料センター　JACAR　1939　国立公文書館　https://www.digital.

archives.go.jp/img.pdf/140351
「大奉天新區劃明細地圖」滿州帝國協和會奉天市公署分會 一九三九 滿州日日新聞社 国際日本文化研究データベース https://lapis.nichibun.ac.jp/chizu/map_detail.php?id=002697993
「第29号 昭和19年2月15日 陸軍異動通報」JACAR（アジア歴史資料センター）Ref.C12120902600、陸軍異動通報 1／6 昭19年（防衛省防衛研究所） https://www.jacar.archives.go.jp/das/image/C12120902600
『国民徴用令軍需会社徴用規則関係規程』厚生省勤労局,1944.3. 国立国会図書館デジタルコレクション https://dl.ndl.go.jp/pid/1454681
「9．昭和15年勅令第580号陸軍武官官等表の件 勅令第448号 昭和19年7月10日」JACAR（アジア歴史資料センター）Ref.C13070686600、勅令綴 昭20年度（防衛省防衛研究所）https://www.jacar.archives.go.jp/das/image/C13070686600
「支那紀行ノート及写真 自昭和十九年七月二日至昭和十九年十一月十六日」伊藤永之介 デジタルアーカイブ秋田県立図書館 https://da.apl.pref.akita.jp/lib/item/00010001/ref-C-440651（令和六年一月現在のもの）

「陸軍航空部隊略歴（その1）付．航空部隊の隷指揮下にあったその他の部隊／分割6」JACAR（アジア歴史資料センター）Ref.C12122419300、陸軍航空部隊略歴（その1）付．航空部隊の隷指揮下にあったその他の部隊（防衛省防衛研究所）https://www.jacar.archives.go.jp/das/image/C12122419300（一九六一　厚生省援護局作成）
「陸軍航空部隊略歴（その1）付．航空部隊の隷指揮下にあったその他の部隊／分割8」JACAR（アジア歴史資料センター）Ref.C12122419500、陸軍航空部隊略歴（その1）付．航空部隊の隷指揮下にあったその他の部隊（防衛省防衛研究所）https://www.jacar.archives.go.jp/das/image/C12122419500（一九六一　厚生省援護局作成）
『河南の会戦』（戦史叢書）防衛庁防衛研修所戦史室・編　国立国会図書館デジタルコレクション　一九六七　朝雲新聞社　https://dl.ndl.go.jp/pid/9581668
『陸軍航空兵器の開発・生産・補給』（戦史叢書）防衛庁防衛研修所戦史室・編　国立国会図書館デジタルコレクション　一九七五　朝雲新聞社　https://dl.ndl.go.jp/pid/12017005
『満洲飛行機の思い出』満州飛行機の思い出編集委員会　国立国会図書館デジタルコレクション　一九八二　満州飛行機の思い出編集委員会　https://dl.ndl.go.jp/pid/11952761

「報道班員の編成と日本新聞会―新聞・通信記者を利用した報道強化の試み―」大津昭浩　二〇一七　日本マス・コミュニケーション学会　2017年度秋季研究発表会・研究発表論文　https://mass-ronbun.up.seesaa.net/image/2017fall_A1_Oates.pdf
「百年の鉄道旅行」須藤康夫　2004年開設　https://travel-100years.com/index.html
「日本国語大辞典」Japan Knowledge
「国史大辞典」Japan Knowledge
「日本人名大辞典」Japan Knowledge
「日本近代文学大事典　増補改訂デジタル版」Japan Knowledge

著者略歴

東京都豊島区生まれ。地方公務員を経て、公益財団法人練馬区文化振興協会学芸員として石神井公園ふるさと文化館で檀一雄、五味康祐をはじめ練馬区ゆかりの小説家や詩人などについての資料調査、展覧会開催などの業務を行う。2023年３月退職。

略歴にめざましく記すような「特筆すべきこと」のない小さな人生を、自分らしいことと思う。いつも文学や音楽、美術などが励ましてくれる。短歌や俳句を詠む。

檀《だん》一《かず》雄《お》の従《じゅう》軍《ぐん》日《にっ》記《き》を読《よ》む

編・著

山《や》城《ましろ》千《ち》恵《え》子《こ》

発行日

2024年７月30日

発行　株式会社新潮社　図書編集室

発売　株式会社新潮社

〒162-8711　東京都新宿区矢来町71

電話　03-3266-7124

印刷所　錦明印刷株式会社

製本所　加藤製本株式会社

ISBN 978-4-10-910285-8 C0095

価格はカバーに表示してあります。